अनुपमा गांगुली का चौथा प्यार

(कहानी-संग्रह)

अनुपमा गांगुली का चौथा प्यार

विजयश्री तनवीर

हिन्द युग्म
hindyugm.com

प्रकाशक :
हिन्द-युग्म
201 बी, पॉकेट ए, मयूर विहार फ़ेस-2, दिल्ली-110091
मो.- 9873734046, 9968755908

शीर्षक-लिखावट : मुकेश शाह
कला-निर्देशन : विजेन्द्र एस विज
मुद्रक : विकास कम्प्यूटर ऐंड प्रिंटर्स, दिल्ली-100032

पहला संस्करण : जुलाई 2018
दूसरा संस्करण : नवंबर 2018
तीसरा संस्करण : मार्च 2019
मूल्य : ₹115 | $6

Anupama Ganguly Ka Chautha Pyar
(A collection of short stories by *Vijayshree Tanveer*)

Published By
Hind Yugm
201 B, Pocket A, Mayur Vihar Phase 2, Delhi-110091
Mob : 9873734046, 9968755908
Email : sampadak@hindyugm.com
Website : www.hindyugm.com

First Edition: Jul 2018
Second Edition: Nov 2018
Third Edition: Mar 2019

उन कुछ रिश्तों के नाम,
जिनके नाम नहीं होते।

अंतर्मन

किसी भी किताब में ये दो-ढाई पन्ने संभवत: सबसे नीरस और निरर्थक पन्ने होते हैं। अमूमन लोग इन्हें फाँदकर या एक सरसरी निगाह डालकर आगे बढ़ जाते हैं। बहुत बार मैं ख़ुद यही करती हूँ कि पढ़ने जैसा यहाँ कुछ नहीं। किंतु आज ये दो-ढाई पन्ने लिखते वक़्त मैं समझ पा रही हूँ कि किसी लेखक के लिए इन पन्नों को लिखने का सुख क्या है।

कहानियों की दुनिया में अभी तलक मेरा कोई ठौर नहीं। सालों पहले हिंदी अकादमी के सौजन्य से कविताओं की एक किताब 'तपती रेत पर' प्रकाशित हुई। जिसकी कुल पच्चीस प्रतियाँ मेरे हिस्से आईं। जिन्हें मित्रों, सहपाठियों, अध्यापकों और कुछ क़रीबी रिश्तेदारों में बाँटकर मैं तृप्त हो गई। वे सुनहरे दिन थे। पढ़ने-लिखने के दिन। उन दिनों कुछ कहानियाँ लिखीं। वे बेढब कहानियाँ जीवन की बेहतरीन कहानियाँ थीं। कच्चे मन के उन शिकस्ता मगर ईमानदार क़िस्सों को स्थानीय अख़बारों के हवाले कर मैंने मार दिया। उन अख़बारों की कतरनें कहाँ गईं, इसकी भी अब ख़बर नहीं। शायद उनके मर जाने के बाद मुझे उनसे प्यार न रहा। कुछ दिन पत्रकारिता में ज़ोर-आज़माइश के बाद एक दशक से भी मदीद समय तक कुछ करने का मन न बना। लिखने की तलब ही न हुई। वह समय जिनके हिस्से का था, उन्हें पूरी तरह सौंप दिया। जब मैंने दोबारा लिखना शुरू किया तो पाया कि मैं इसके अलावा कुछ नहीं कर सकती थी।

हिंद-युग्म को ये कहानियाँ थमाते समय किताब का शीर्षक मेरे लिए एक बड़ा सवाल था। प्रियजनों ने कहा यह कैसा नाम है! यह नाम न रखो। 'चौथा' शब्द प्यार की शुचिता को निगल रहा है। बार-बार हो जाना प्यार का दस्तूर नहीं। मगर मैंने ख़ूब सोचा और पाया कि बार-बार हो जाना ही तो प्यार का दस्तूर है। वह चौथी, बारहवीं, बीसवीं या चालीसवीं बार भी हो सकता है। क्या हम सब अनायास ही कई-कई बार प्यार में नहीं पड़ गए

हैं? असल में प्रेम की संभावनाएँ कभी ख़त्म नहीं होतीं। प्रेम की क्षुधा पेट की क्षुधा से किसी दर्जा कम नहीं। प्रेम हो जाना जितना सरल और सहज है उसे लिखना उतना ही दुष्कर। फिर भी जब मुझसे कुछ लिखा गया तो सबसे ज़्यादा प्रेम पर ही लिखा गया। इस सच के बाद भी मैं कह सकती हूँ कि मैंने वास्तव में प्रेम कहानियाँ नहीं लिखी हैं। मैंने मन के विचरण और विचलन को लिखा है। मैंने हालात और उनसे उपजे अंतर्द्वंद्व को लिखा और वे कहानी हो गए।

मैंने जब कोई कहानी पढ़ी या लिखी तो एक ही बात सोची कि क्या मैं उस कहानी के भीतर उतरकर कहानी को जी रही हूँ? क्या पूरी कहानी के दौरान मैं मुस्तक़िल उसके किरदारों के साथ रही हूँ? मेरे लिए कहानी में ऐसी रवानी होनी चाहिए कि मुझे अपने गिर्द माहौल का ख़याल न रहे और पात्र यूँ होने चाहिए कि अगर वे हँसें तो हमारे होंठों पर मुस्कान खिंच जाए। जो वे रोएँ तो हमारा मन भीग जाए और वे बेचैन हों तो हमें आराम न हो। उम्मीद है, इसी तरह इन कहानियों में आप ख़ुद से मुलाक़ात करेंगे। क्योंकि कमोबेश हम सब एक-से हैं। एक और बात, अक्सर महिला लेखकों के लिए हम इस पूर्वाग्रह से ग्रस्त होते हैं कि वे स्त्री के मन को ही लिखेंगी। मगर यहाँ पुरुष मन की बराबर की हिस्सेदारी है। अनुपमा हो या शैफ़ाली, सुकेश हो या धीर मैंने सब से एक-सा प्रेम किया।

अंत में सबसे पहले परिवार का आभार कि जो वक़्त उनका था लिखने के दौरान उन्होंने उसे सिर्फ़ मेरा रहने दिया। बेशक़ इसके लिए उन्हें कुछ परेशानियाँ हुई होंगी। हिंद-युग्म का आभार कि उसने मेरी क़लम पर भरोसा किया। अपने प्रबुद्ध और परिश्रमी एडीटर मनीष का भी आभार जिन्होंने सूक्ष्मता से मेरी त्रुटियों को पकड़कर मुझे दुरुस्त किया और इन कहानियों को आपके पढ़ने के क़ाबिल बनाया। कुछ अज़ीज़ मित्र जिन्होंने कच्चे ड्राफ़्ट पढ़कर हौसलाअफ़ज़ाई की, अपने जीवन में उनकी उपस्थिति की आभारी होकर मैं किसी औपचारिकता का निर्वाह करना नहीं चाहती। मेरे जीवन में अपने महत्व को वे बख़ूबी समझते हैं।

विजयश्री तनवीर

कहानी-क्रम

अबकी जाड़ों में
पछतावों की गुफाओं से निकल
उदासियों के पहाड़ उतरकर
तुम आना, ये भूलकर
कि तुमने तौबा की है।

सर्द होती किसी भी शाम
जब लंबाते हों दरख़्तों के साये
अपनी उँगलियों से
थोड़ी-सी गरमी रख देना
मेरी ठंडी हथेलियों पर।

जो न हो सके, तो फिर
बारिशों में आना,
बंद छतरी को बग़ल में दबाकर
भीगेंगे और फिसल जाने देंगे
अपने गीले मन को
ख़्वाहिशों की ज़मीन पर।

यूँ गर्मियाँ भी कुछ बुरी नहीं
साँझ ढलती है ज़रा और देर से।
तब अधलेटे रहेंगे किसी पेड़ के तले
जैसे अरसे की नींद पड़ी हो
बोझिल बरौनियों पर।

मुझसे मिलने को चुन लेना
तुम अपने जी का कोई भी मौसम।
कि चाहतों की कोई रुत नहीं होती।
आजकल फिर दिल झुकने लगा है
थोड़ी दाईं तरफ़ को।
तुम्हारे पास भी फिर प्यार में पड़ने का
कोई तो बहाना होगा।

पहले प्रेम की दूसरी पारी

उसकी बेचैनी अब साफ़ नज़र आ रही है, बावजूद इसके कि वह इसका अभ्यस्त हो चुका है। सप्ताह भर से यह बेचैनी बाक़ी तमाम संवेगों की तरह ही उसके वुजूद का कोई हिस्सा है, जिसके न होने पर भी शायद वह इतना ही बेचैन होता। हाँ, वह बेचैनी ज़रूर कुछ अलग क़िस्म की होती। कदाचित् इस बेचैनी के न होने की बेचैनी। दरअसल आजकल यूँ बेचैन रहना उसकी आदत-सी बन गई है। और अब यह बेचैनी न निगलते बनती है, न उगलते।

उसने पानी के साथ इस अज़हद बेचैनी को निगलने की एक नाकाम कोशिश की और पुन: अपनी कलाई पर एक सरसरी नज़र डाली। पौने छह! यानी नियत समय से कोई सवा घंटा ऊपर। कोई तुक है भला! वह झुंझला उठा। देर से आना इन औरतों की कोई अदा है शायद। बस्स दस मिनट और। आई तो ठीक, वर्ना वह चल देगा।

गुज़िश्ता सवा घंटे में वह कई बार यह तय कर चुका है किंतु ये दस मिनट मानो एक समत्व काल की तरह 'उसके' आने तक यूँ ही इस कलाई पर स्थिर हैं। कभी-कभी घड़ी पर सुइयाँ चलती हैं मगर वक़्त एक बिंदु पर ठहरा-सा रहता है। इस समय वह कुछ ऐसी ही अवस्था में है।

यकायक मन में कुलबुलाया। कहीं सुनने में तो चूक नहीं हुई। उसने

पूरे यत्न से अपने दिमाग़ पर ज़ोर डाला। उसके साथ अचानक ही हुई पिछली सारी मुलाक़ातें उसकी आँखों में घूम गईं।

"सैटरडे। फ़ोर थर्टी। वेदा।" यही तो कहा था। रत्ती भर चूक नहीं। दो मिनट की मुलाक़ात में आनन-फ़ानन बस इतना ही निश्चित हुआ था। वह हड़बड़ी में थी। उसे ठीक याद है। वह कभी कुछ नहीं भूलता।

फिर, इतनी देर क्यों?

बाहर साँझ साँवली हो रही है। जाड़ों में अगर मौसम बरस जाए तो छह बजे ही रात घिर आती है। पता नहीं कितनी देर में आएगी। और क्या लाज़िमी है कि आएगी ही! संभव है उसे याद ही न हो। फ़िर उसने सोचा वह उससे क्यों मिलना चाहता है? वह क्यों उससे दोबारा प्रेम करना चाहता है? इसलिए कि दोबारा प्रेम करने में कोई नुक़्सान नहीं। फिर उसे भी भला क्यों ऐतराज़ होगा? वह अपने ही बनाए झंझावातों में उलझ-सुलझ रहा है।

"सर, ऑर्डर?" हाथ में काग़ज़-क़लम लिए वेटर सिर पर सवार है। बीते सवा घंटे में ऑर्डर के नाम पर वह दो कॉफ़ी हलक़ में उतार चुका है। मुँह का स्वाद बकबका-सा हो रहा है किंतु वेटर को इससे कोई प्रयोजन नहीं। वह निष्ठा से अपनी ड्यूटी निभा रहा है। अबकी क्या मँगाए, उसे फिर कुछ नहीं सूझा।

"एक कॉफ़ी।" उसने रुखाई से कहा।

उसके विपरीत वेटर लहज़े में मिस्री घोलकर मिनमिनाया, "सर, कुछ और?"

"कुछ नहीं।"

बैरा अदब से मुस्कराकर पलट गया।

अंदर बैठे रहना अब उसे भारी हो रहा है। बमुश्किल ही कोई एकाध मेज़ ख़ाली बची है। ज़्यादातर लोग पीने वालों में से हैं। काश! वह एक सिगरेट पी सकता तो कम-अज़-कम थोड़ा मशग़ूल दिखाई देता। लेकिन दीवार पर टंगी 'नो स्मोकिंग' की तख़्ती को इस पर भी आपत्ति है।

उसका धैर्य और उम्मीद बस टूटने को ही थी कि सहसा पसलियों में उसका दिल धाड़-धाड़ बज उठा। वह रेस्तराँ में दाख़िल हो रही है। उसने

अपनी आँखों और हाव-भाव में उतर आई उत्तेजना पर क़ाबू किया और कुर्सी पर अपनी पीठ टिका दी। वह बिना इधर-उधर देखे कोने की मेज़ों पर नज़र डाल रही है। वस्तुतः वह जानती है कि हमेशा की तरह उसने आज भी कोई 'कोज़ी कॉर्नर' चुना होगा। आठ साल के लंबे अंतराल के बाद भी वह उसकी आदतों और रुझानों को नहीं भूली। तभी शायद आज भी वह उसके पसंदीदा नीले रंग में है। गहरे और हल्के नीले रंग की लहरिया साड़ी में किसी नीलपरी-सी। उसे तसल्ली हुई। बिना किसी औपचारिकता के मगर सलीक़े से वह सामने बैठ गई।

"सॉरी! देर हो गई।"

"कोई बात नहीं।"

वह मुस्कराया।

"अरे वाह! बात कैसे नहीं! देखो, मैं आज भी बिलकुल वैसी हूँ।"

बिलकुल वैसी। मतलब आज भी वह उससे ही...। कुछ सोचकर उसका कलेजा फूल उठा।

"सचमुच! तुम ज़रा भी नहीं बदली।"

"हाँ। आज भी तुम्हारे झूठ यूँ पकड़ लेती हूँ...।" चट्ट से चुटकी बजाकर वह हँस पड़ी।

"अपना चश्मा बदलो नील, वैसी हूँ पर वैसी दिखती नहीं। कितनी मोटी हो गई हूँ।"

उसने चश्मे पर अपनी साँसों की भाप बिछाकर रूमाल से पोंछने का अभिनय किया और पुनः आँखों पर चढ़ाकर सच ही उसे ग़ौर से देखने लगा। वह वैसी ही दिखती है। हाँ, बदन थोड़ा भर गया है किंतु चेहरे की लुनाई में उन्नीस-बीस का भी अंतर नहीं। वैसी ही अंदर तक घर कर जाने वाली नूरानी आँखें। वैसी ही बेदाग़ चिकनी जिल्द। वैसा ही मनमोहक अंदाज़ और वैसी ही कानों में घुल जाने वाली 'व्हिस्की वॉइस'। आज उसके माथे पर चिपकी रहने वाली बिंदी का रंग बदल गया है। उसकी सँवरी हुई भौंहों के बीच हमेशा एक छोटी काली बिंदी मौजूद रहती थी, किसी डिठौने की तरह।

रेस्तराँ में मद्धिम स्वर में कोई मादक धुन बज रही है पर बोल उसे याद

नहीं। जबकि वह कभी कुछ नहीं भूलता। दरअसल, इस समय उसे कुछ याद नहीं। उसका मस्तिष्क जैसे सोचने-समझने की क्षमता खो चुका है। उसके बिलकुल उलट वह बजती हुई धुन के साथ लापरवाही से गुनगुना रही है। कितना अच्छा हो वह पहले की तरह रोज़ घंटों उसके साथ रहे। उन्हीं नज़दीकियों से वह फिर दो-चार हो जो उसे आज भी रोमांचित करती हैं। वह फिर एक लंबी पारी खेलना चाहता है। पुराने प्यार की दूसरी पारी। उसने पासा फेंका-

''ये रंग तुम पर अच्छा लगता है।''

''ओह! हाँ, उन्हें बहुत पसंद है। बल्कि नीले रंग के सारे शेड्स। आसमानी, फ़ीरोज़ी, नेवी। उफ़्फ़! दर्जनों साड़ियाँ... मानते ही नहीं।''

तो ये रंग इसलिए नहीं कि उसे पसंद हैं। छनाक-छनाक कुछ चटख गया। यादों की गठरी-सी खुल गई। वह भी तो हमेशा उसे नीले में ही देखना चाहता था। तब भी वह कुछ यूँ ही खीझती थी। अपनी खड़ी सुतवाँ नाक को सिकोड़कर चिड़चिड़ाई-सी।

''ये भी कोई सनक हुई। नीलेश हो तो हमेशा नीला ही नीला। अपने रंग में रंगना चाहते हो?''

और वह उसके ड्रामाई जुमले से कुछ और क्षुब्ध हो उठती। जब वह कहता,

''काश! तुम्हारा नाम नीलिमा होता।''

अब धुन के साथ उसकी लंबी-पतली उँगलियाँ मेज़ पर थिरकने लगी हैं। वह उसकी उँगलियों की थिरकन को एकटक देखने लगता है।

''कैसे हो?''

''बस ठीक-ठाक।'' वह सावधानी से दाँव चल रहा है, हारने को कोई लोच न रहे।

''अच्छे क्यों नहीं?'' वह तपाक् से बोली।

अवश्य ही उसे टोह रही है। प्रत्युत्तर में वह कहना चाहता है, ''तुम जो नहीं थी।'' लेकिन उसके मुँह से निकला, ''तुम अपनी कहो।''

"तुम्हारे सामने हूँ। ख़ुद ही देख लो।" उसका चेहरा सपाट है। नितांत भावहीन। वह अपनी कलाई में फँसी नीली चूड़ियों को आगे-पीछे घुमा रही है। उसका जी हुआ उन चूड़ियों में अपनी उँगलियाँ फँसा दे। ठीक वहाँ जहाँ उसकी नब्ज़ धड़कती है और किसी माहिर हकीम की तरह भीतर का सारा हाल जान ले।

आगे वाली मेज़ पर कोई अफ़ग़ान औरत मुर्ग़े की रान अपने दाँतों से चींथ रही है। और बाईं तरफ़ की मेज़ पर एक कमउम्र प्रेमी युगल बियर के घूँट भरते हुए एक-दूसरे की आँखों में तल्लीन हैं। लड़का इशारों के साथ कुछ फुसफुसा रहा है और लड़की अनवरत मंद-मंद हँस रही है। उसे यकायक बियर की ज़ोरदार तलब हुई। उसने वेटर को इशारा किया।

"एक बियर। वेज कबाब।" उसने पूछा, "और तुम?"

"मैं भी।"

"तुम पीती हो?"

उसे अचरज हुआ।

"ऊहूँ! पीती नहीं, पी लेती हूँ।"

"अच्छा! कब से?"

वह चुप रही।

उसने बात बदलकर कहा, "मेरा ख़याल है वह एक बुद्धिमान व्यक्ति था जिसने बियर का आविष्कार किया।"

उसने हाँ-ना कुछ नहीं कहा।

वह हमेशा से ऐसा ही करती है। जी हुआ बात का जवाब दिया, नहीं हुआ नहीं दिया। लेकिन उसे फिर उम्मीद बँधी, हो न हो सुरूर के बहाने कुछ कहना चाहती है।

बियर के साथ अब वह कुछ मुखर होने लगी है। वह नई-पुरानी, इधर-उधर की बतिया रही है। पुराने दोस्त, कॉलेज के कुछ मज़ेदार क़िस्से, पति, बच्चे, घर-बार। किंतु वह कुछ भी अनर्गल सुनना नहीं चाहता। ये उसके लिए वांछित बातें नहीं हैं। वह वक़्त के साथ धुँधला गए अपने रूमानियत भरे पलों को उसके साथ साझा और ताज़ा करना चाहता है। वह चाहता है

बग़ल वाले युवा लड़के की तरह वह उसकी सुरमई आँखों में डूबकर बातें करे और बदले में वह उस लड़की की तरह अपनी शर्मीली हँसी के ज़र्रे बिखेरती रहे। काश! इस समय वह इस व्यस्त रेस्तराँ के बजाय पहले की तरह तुग़लक़ाबाद या ओल्ड फ़ोर्ट के किसी निर्जन कोने में होता तो अपनी गुस्ताख़ उँगलियों से उसकी माँसल हो आई देह को माप रहा होता। माक़ूल जगह वह उसे ना थोड़े ही कहती। और ना से हाँ तक लाने का उसमें पूरा हुनर है। एक बीत चुकी प्रगाढ़ मुलाक़ात उसके मानस पटल पर ताज़ा हो उठी। उसके शरीर के सारे रोएँ खड़े हो गए। अब कोई जुगत लगे तो मुलाक़ातों का सिलसिला चल पड़े। उत्तेजना से उसकी टाँगें थरथराने लगीं। उसे शायद बियर चढ़ रही है या फिर 'वह'। जबकि टेबल के उस पार वह अब भी उतनी ही संयत और सहज है जितनी घंटे भर पहले थी। वह अगली मुलाक़ात के लिए जुगत लगा रहा है कि कौन-सा बहाना ज़्यादा कारगर होगा।

उसे उसका यूँ सहज होना बड़ा नागवार लग रहा है। वह आगे की ओर तनिक झुककर मेज़ पर अपनी कुहनियाँ टिकाए बियर के छोटे-छोटे घूँट भर रही है। बियर के हर घूँट की कड़वाहट उसके चेहरे पर बार-बार नुमायाँ हो रही है, जिसे वह अपनी मुस्कराहट में कुशलता से छिपा रही है। उसे उसका आगे की ओर झुककर बैठना अच्छा लग रहा है। एक बार सैलून में किसी 'इरॉटिका' के कवर पेज पर उसने एक स्याह औरत को ठीक इसी मुद्रा में बैठे देखा था और बहुत दिनों तक उसे वह काली औरत याद रही थी। वह कभी कुछ नहीं भूलता। कुछ अगले-पिछले क़िस्सों के बाद उसकी बातों का प्रवाह थम गया। वह अपनी उँगलियों से गिलास को टकोरने लगी। किंतु वह बहुत देर तक बतियाना चाहता है। वह जज़्बाती हो रहा है।

"मुझे तुम्हारी हर बात याद है। इन गुज़रे आठ सालों में तुमने मुझे कभी याद नहीं किया?" वह भावुक हो रहा है।

"किया ना। अक्सर करती हूँ।" वह ख़ाली प्लेट में व्यर्थ ही छूरी-काँटा घुमाने लगी।

उसे अच्छा लगा कि वह अंततः उसे मुद्दे पर ले आया है।

"मुझे या मेरे प्यार को?"

"प्यार! ये क्या होता है नील?" उसकी मुखमुद्रा सहसा कठोर हो गई।

"मैं तो तुम्हारी मजबूरियों और प्राथमिकताओं को याद करती हूँ।" उसकी भौंहों पर अप्रियता की कई सलवटें अपने-आप ही उभर आईं।

"चलें?"

अचानक वह बिना कोई भूमिका बाँधे खड़ी हो गई।

उसने अपनी धड़कनों की गति में बदलाव महसूस किया। वह अपनी सफ़ाई में कुछ कहना चाहता है।

"इतनी जल्दी?"

"मुझे जाना होगा। विभु अकेला है।" उसने लाचारगी ज़ाहिर की।

बुझे मन से गिलास में बची बियर दो घूँट में अपने हलक़ में उड़ेल, बिल के साथ टिप के सौ रुपये छोड़ वह बड़ी अनिच्छा से उसके पीछे बाहर निकल आया।

उतरते दिसंबर की चढ़ती ठंड। दिल्ली कनकना रही है। हल्की बूँदा-बाँदी के चलते जाड़ा अपने उरूज पर है। वह कनॉट सर्किल के व्यस्त गलियारे में मंथर गति से गुज़र रहे हैं। उनके बीच का फ़ासला अब बहुत कम है इतना कि उनके डियोडरेंट की महक और गर्म साँसों की भाप एक-दूसरे को छू रही हैं। वह उसकी उजली गुदाज़ नरम हथेलियों को अपने हाथों में भरना चाहता है। उसे क़तई समझ नहीं आ रहा है वह अपने हाथों का क्या करे। वह बार-बार अपने दोनों हाथों को परस्पर रगड़ता है और फिर मुट्ठियाँ बनाकर बग़लों में दबा लेता है। दो-चार मिनट बाद काँख से निकालता है और अपनी जैकेट की गरम जेबों में सरका लेता है। उसे याद आता है कड़कती सर्दियों में अक्सर बस स्टॉप पर खड़े हुए वह अपने बर्फ़ होते हाथों से उसकी गरदन को छुआ करती थी और वह अपनी नाक की ठंडी नोंक उसके गालों पर चुभलाया करता था। फिर वह अपनी गुलाबी हथेलियों को आपस में मलकर गरमाती थी और उसकी नाक की नोंक अपनी हथेलियों से ढक लेती थी। और वह प्यार से उसके दोनों हाथों को अपनी जैकेट की जेबों में ठूँस लिया करता था।

अब कुछ ही देर में वे सड़क पर उतर आएँगे। जहाँ उन्हें अपने-अपने रास्तों के लिए पृथक होना है। इसी दौरान किसी तरह उसे अगली मुलाक़ात निश्चित करनी है। इस उधेड़-बुन में उसके मस्तिष्क की पेशियाँ तन गई हैं। वह अब कुछ निर्लिप्त और अन्यमनस्क-सी दिख रही है। उसकी स्थिति को भाँपकर उसने ख़ुद को संयत रखने के लिए पनवाड़ी की दुकान से सिगरेट सुलगाकर दो-चार भरपूर कश खींचे। बारिश की हल्की बौछारें उसे उद्वेलित कर रही हैं। वह उससे बिलकुल सटकर खड़ा है। अच्छा है कि यहाँ दो लोगों के खड़े होने लायक़ पर्याप्त जगह नहीं है। काश! ये बूँदा-बाँदी कुछ तेज़ हो जाए, तो वह कुछ देर तक और पनवाड़ी की तिरपाल के नीचे उसके क़रीब खड़ा रहे। पनवाड़ी सड़े-गले पत्तों को कैंची से कतरकर अलग करते हुए गल्ले में चिल्लर ढूँढ़ रहा है। नहीं मिलने पर उसने गरदन हिलाते हुए चार-छह कैंडी हाथ में थमा दी है। वह बेतकल्लुफ़ी से कैंडी अपने मुँह में घुमाने लगी है।

"अब भी उतनी ही सिगरेट पीते हो?" उसकी आँखें सड़क पर लगी हैं।

"उससे थोड़ी ज़्यादा।"

"क्यों, बीवी नाराज़ नहीं होती?"

उसने बड़ी समझ-बूझ से अपनी आख़िरी चाल चली, "नाराज़! नहीं तो। उसे इन बातों से कोई ज़्यादा वास्ता नहीं। वह अपनी दुनिया में मसरूफ़ है।"

"अच्छा! क्या करती है?"

"कुछ नहीं। वही बच्चे, घर, रसोई।"

"ये तो तुम्हारी दुनिया है नील। नहीं क्या?" वह विद्रूपता से हँसी।

वह पस्त हो गया। उसे लगा वह भी कैसा अहमक़ है। कब, कहाँ क्या कहना चाहिए कुछ नहीं जानता। उसे ख़ुद पर रोष हो रहा है।

सड़क पर आवाजाही रोज़ से कम है। सर्द हवा हड्डियाँ चीर रही है। वह महज़ एक महीन शाल में! उसे अनायास ही कुछ सूझा, "जैकेट लेती जाओ, ठंड है। मैंने काफ़ी कपड़े पहने हैं।" उसने जैकेट उतारने का उपक्रम

किया। ''अगली बार लौटा देना।''

किंतु व्यर्थ।

''मुझे ठंड नहीं लगती। तुम बहुत कुछ भूल गए हो।''

उसने पहली बार उसकी आँखों में सीधे झाँका।

''मैं सचमुच आज भी वैसी हूँ।'' उन आँखों में शिकायत या उलाहना-सा तैर रहा है।

अब शायद अगली मुलाक़ात के लिए कुछ कहे। वह अधीर हो उठा। लेकिन अपने हाथ के इशारे से वह बग़ल से गुज़रता तिपहिया रोक चुकी है।

''अच्छा, चलती हूँ।''

चलते-चलते उसने बड़ी उदारता के साथ अपना दायाँ हाथ आगे बढ़ा दिया। जैसे भीगी हुई नरम कपास को छू लिया हो। वह उसके हाथ को अपनी हथेली में भरकर सोचने लगा बस यही उसकी आज की शाम का हासिल रहा। उसके हाथ में एक नामालूम-सा कंपन है जिसे वह पहचानता है। इस सर्द मौसम में भी उसकी हथेली नम है। काश! वह उसे अपने आलिंगन में ले पाता। उसके अंदर जज़्बात का सैलाब उमड़ आया। वह अभी उसकी हथेली को छोड़ना नहीं चाहता।

''फिर कब?''

उसने अपनी सारी उद्विग्नता और उत्तेजना को दो शब्दों में उड़ेल दिया।

''पता नहीं।''

वह ऑटो में बैठ चुकी थी।

वह ठगा-सा रह गया। उसके पास अगली मुलाक़ात तय करने के लिए कोई ज़रिया नहीं। इतनी देर में वह फ़ोन नंबर तो माँग ही सकता था। उसके साथ छल हुआ है। इसी मुलाक़ात के लिए हफ़्ते भर से पगलाया था! ख़्वाहमख़्वाह ही चला आया। उस तरफ़ कदाचित् अब कुछ शेष नहीं। वह खिन्न हो उठा। हुँह ये औरतें! ऐसी ही होती हैं। अपने आज में मस्त। इनके लिए प्रेम-प्यार सब बेमानी है। क्या उसे उसके साथ गुज़ारी हुई वो अंतरंग शामें बिलकुल याद नहीं? प्यार नाम के किसी शब्द का कदाचित् कोई वुजूद

नहीं। उसे महान कवि 'शैली' की याद आ गई।

"वन वर्ड इज़ टू ऑफ़न प्रोफ़ेन्ड।"

***

वह थका-सा घर लौटा। दरअसल, इस समय वह ग़मज़दा है। एक सप्ताह तक यत्नों से उगाई फ़सल एक ही बारिश में बह गई।

पत्नी दौड़ी आई।

"आज जल्दी आ गए!"

स्वेटर, शाल, स्कार्फ़, मोज़े..., बिलकुल एक गठरी-सी। पता नहीं इसे इतनी ठंड क्यों लगती है। उसे बड़ी बेज़ा शिकायत हुई। औरतों को ठंड नहीं लगनी चाहिए। उसके चेहरे पर एक वितृष्णा-सी ठहर गई।

पत्नी शायद फ़ोन पर किसी से बतिया रही थी।

"अच्छा अब रखती हूँ... ये आ गए... हाँ, कल दोपहर में... बाऽय।" अचानक उसके मन की रेतीली ज़मीन पर कैक्टस से उग आए। संभव है सीधी-सी दिखने वाली उसकी पत्नी के जीवन में भी उससे पहले कोई रहा हो। वह चुपचाप सोफ़े पर पसर गया। पत्नी निश्छलता से उसकी जेब से पैकेट निकालकर सिगरेट गिन रही है।

"बस चार! यानी आज फिर छह सिगरेट?"

पत्नी के माथे पर एक चिंता भरी शिकन आकर गुज़र गई।

"सुस्त लग रहे हैं।" उसने माथा छूकर अपनत्व से पूछा, "तबीयत तो ठीक है?"

"हाँ।" उसने संक्षिप्त उत्तर दिया।

"ठंड बहुत है। चाय ले आऊँ?"

"नहीं, चाय नहीं। कुछ देर यहीं बैठो।"

उसने बहुत दिनों से उसका चेहरा ग़ौर से नहीं देखा।

वह हैरान लग रही है।

जाने क्यों पत्नी को देखकर उसने सुकून की एक ठंडी साँस ली। शुक्र है औरतें ऐसी होती हैं!

उधर तिपहिया से उतरकर 'वह' लगभग दौड़ती हुई घर पहुँची। पड़ोस में ठुनकते बच्चे को हाँक लगाई। कुछ देर गुनहगार-सी उसे अपनी छाती से चिपटाए रही। जल्दबाज़ी में घर को यूँ ही अस्त-व्यस्त छोड़ गई थी। उसे घर को व्यवस्थित करना है। बच्चे ने कई घंटों से कुछ नहीं खाया है। उसके स्वेटर की जेब में रखे गए बिस्कुट जस-के-तस पड़े हैं। वह जल्दी से 'दो मिनट' वाले खाने का कटोरा उसे थमाकर अपने बालों की उलझनें खोलती हुई आदतन अपने कमरे में लगे आदमक़द आईने के सामने जा खड़ी हुई। जब वह ख़ुद को अच्छी लगती तब वह कई बार आईना देखती है। सच ही तो नीले में वह कितनी सुंदर लगती है। जैसे यह रंग बस उसी के लिए बना है।

कुछ देर आत्ममुग्धता से ख़ुद को निहारने के बाद उसने अलमारी के उपेक्षित कोने से एक नीली डायरी निकाली। उस पर अँग्रेज़ी के बड़े अक्षरों में लिखा है, 'NILIMA'। पीले पड़ चुके पन्नों के बीच से निकालकर क़रीब एक दशक पुरानी तस्वीर को कुछ देर वह आसक्त भाव से देखती रही और पलंग पर लस्त पड़ गई। उसकी आँखें पनीली हो रही हैं। उसका मन अब तक कनॉट प्लेस के रेस्तराँ के उसी कोज़ी कॉर्नर में सिकुड़ा-सा बैठा है। उसके चेहरे पर अवसाद और संताप की एक ग़र्द-सी चढ़ गई है। उसे अचानक ही ज़ोर की ठंड लगने लगी है। वह कुछ देर यूँ ही आँखें मूँदकर कंबल ढाँपे पड़ी रहना चाहती है। बिलकुल नाकारा और चुपचाप। किंतु घड़ी नौ बजा रही है। 'वो' बस आते ही होंगे। उसने बड़ी तत्परता से उठकर डायरी को वापस अपनी जगह पर रखा और उस इकलौती नीली साड़ी को नेप्थलीन की गोलियों के साथ पॉलिथीन में सहेज दिया।

ग़ुसलख़ाने में वह देर तक अपना चेहरा धोती रही। अब वहाँ आँसू, संताप या अवसाद के कोई लक्षण नहीं हैं।

हाँ, उजली हथेली पर गुदगुदाता हुआ-सा कुछ अब भी मौजूद है।

भेड़िया

समस्या वाक़ई विचित्र है।

वह भेड़िए से दहशत खाता है और ताज्जुब यह कि भेड़िया उसने कभी देखा नहीं। दरअसल, यह वही भेड़िया है जो झूठ बोलने वाले गड़रिये की कहानी में नहीं आते-आते भी एक रोज़ सचमुच आ गया था।

पिछले ह.फ़्ते भर में उसकी यह दूसरी विजिट है। पहली द.फ़ा उसने केवल डरावने सपने देखने और नींद न आने की शिकायत की थी।

''आजकल हर चौथे आदमी को यह बीमारी है जनाब।''

डॉक्टर परीक्षित ने चश्मा नाक पर सरकाकर उसे पुरमज़ाक़ नज़रों से घूरा था और बिना कोई ख़ास तवज्जो दिए कुछ ट्रेनक्यूलाइज़र्स में छोटे-मोटे निर्देश मिलाकर एक परची हाथ में थमा दी थी। संभवतः एक मामूली बात पर ऐसी संजीदगी उन्हें हास्यास्पद लगी हो। कुछ दिन वह यूँ ही अपने-आप में बंद रहा। असहाय और निपट अकेला। अपने डर से लड़ता जूझता। लेकिन समस्या और विकट होती गई। अब उस ख़ूँ.ख़ार भेड़िए को सोचते ही एकाएक उसका जिस्म ढेर-सा पसीना उगल देता है और वह थरथराने लगता है। हाथ-पाँव सुन्न पड़ जाते हैं। उसकी साँसें धौंकनी-सी चलने लगती हैं। वह नींद में अंट-संट बकने और हवा में हाथ-पाँव चलाने लगता है। और तो और अब किसी भौंकते कुत्ते को देखकर भी उसकी जान सूख जाती है।

वह कुत्तों के बग़ल से बड़ी तेज़ी से निकलता है। कुत्ते उसे भेड़िए की तरह जान पड़ते हैं। कितनी ही बार वह पेशाब के लिए उठता है, फिर भी उसे आशंका बनी रहती है कि किसी भी रात वह बिस्तर पर पेशाब कर सकता है। कई दिनों से सुलाने वाली गोलियाँ उस पर निष्क्रिय हो गई हैं।

अंततः लाचार, निराश अपनी कुछ और अबूझ उलझनों को लिए वह आज फिर हाज़िर है।

भेड़िया! डॉक्टर की आँखें संकुचित हो गईं।

पच्चीस वर्ष के तजुर्बे में ज़ू-फ़ोबिया के कई मामले सुलझाने के बावजूद डॉक्टर परीक्षित इस समय कुछ असहज हो चले हैं। मेज़ पर थोड़ी देर वे चुपचाप पेपरवेट घुमाते रहे। फिर अचानक अपनी अनुभवी आँखों से उसे टटोल जाने क्या भाँपकर हल्के से मुस्कराए।

''आप शादीशुदा हैं?''

यह कैसा सवाल है? वह मुँह ताकने लगा। मानो मेज़ के उस पार उसके सामने डॉक्टर नहीं कोई विदूषक बैठा हो।

''शादीशुदा होना बीमारी है?''

यह डॉक्टर के साथ उसकी मुखर होने की एक कोशिश भर है या वह सचमुच ही अपनी किसी शंका का समाधान माँग रहा है। वह ख़ुद नहीं जानता। पर जाने क्यों उसे लगा उसकी असल प्रॉब्लम शायद यही थी। उसे उलझा हुआ देखकर डॉक्टर परीक्षित ठहाका मारकर हँस पड़े।

उसने पाया, बहुत दिनों बाद वह हँस रहा है। जबकि वह बेतरह रोना चाहता है।

इस तरह की समस्या में अक्सर कारण ही उसका निदान भी होता है और डॉक्टर उसके डर को पकड़ पाए यह तब तक संभव नहीं जब तक कि वह उन्हें अपने भीतर दाख़िल होने की अनुमति नहीं देता। किंतु अपनी निजी संवेदनाओं के तंतुओं को वह किसी भी साझे के दायरे से समेट चुका है। वह आजकल चुप रहता है। कई-कई रोज़ बिना एक शब्द कहे। कुछ कहना भी चाहता है तो ज़बान साथ नहीं देती। कुछ का कुछ कहता है। उसे दिन पहाड़-सा लगता है और रात ठंडे और शुष्क रेगिस्तान की तरह। घर से बाहर

निकलते उसका कलेजा काँपता है। उसे शराब नहीं चढ़ती। औरत का गर्म जिस्म उसे उत्तेजित नहीं करता। उसके सामने दरवाज़े पर दस्तकें होती हैं, फ़ोन टर्राता रहता है और वह बिना कोई हरकत किए घंटों दीवार को घूरता रहता है। उसकी पत्नी और बेटा उसके रवैये पर सहमे रहते हैं।

उसे टटोलने को डॉक्टर ने और कई तरह के अजीबो-ग़रीब सवाल पूछे। ज़्यादातर के जवाब में वह चुप रहा। बातचीत के दौरान डॉक्टर परीक्षित एक-एक कर लगातार काग़ज़ के पुर्ज़ों पर कुछ लिखते रहे। ऐसा कुछ मिले कि वह समस्या की तह तक पहुँचें।

''और कुछ, जो बताना चाहो?''

उसे अंदेशा है अब डॉक्टर यह पूछ सकता है कि वह किसी के साथ प्यार में है? भेड़िये के बाद सिर्फ़ प्यार ही वह अकेला शब्द है जिससे उसे डर लगता है।

उसने ना में सिर हिला दिया।

उसके असहयोग से हारकर अंततः डॉक्टर ने खीझ भरे अदांज़ में कहा- ''यू ओनली हैव टू ट्रीट यॉर प्रॉब्लम। अब जो करना है आप ही को करना है।''

''फिर आप क्या करेंगे?''

उसकी आवाज़ कुछ तन-सी गई। मेज़ पर रखी उनके नाम की तख़्ती को संदेह भरी नज़र से देखता वह उठ खड़ा हुआ कि जब सब उसे ही करना है तो यहाँ आने का अभिप्राय!

उठते हुए उसने कॉर्नर में रखे पीतल के गमले की तरफ़ देखा। सिंगोनियम प्लांट के पत्तों पर ज़र्दी उतर आई थी। उसे याद आया कहीं पढ़ा था, 'नैवर गो टू ए डॉक्टर हूज़ ऑफ़िस प्लांट्स हैव डाइड।'

मगर इन सारे संदेहों के बावजूद वह क्या था कि डॉक्टर उसे अच्छा लगा था।

***

आधी रात फिर उस आदमखोर भेड़िए की भयावह गुर्राहट, घबराहट,

पसीना-पसीना हुआ उसका ठंडा जिस्म। उससे बस कुछ क़दम दूर उस पर टूट पड़ने को तैयार वह ख़ूनी भेड़िया उसे अपनी खार खाई लाल आँखों से यूँ घूर रहा है जैसे अभी चीर-फाड़कर उसकी टिक्का-बोटी कर देगा। भेड़िये का भाड़-सा मुँह खुला है और उस खुले मुँह से चिपचिपी लार गिर रही है।

भेड़िए ने हमला करने को पैंतरा बदला और गूँऽ गूँऽ कर घिघियाता हुआ वह लिहाफ़ झटककर नींद से उठ बैठा।

अँधेरे में उसने आँखें फाड़कर देखा।

कहीं कुछ नहीं। सब कुछ वैसा जैसा सोने से ठीक पहले था।

सिर्फ़ कमरे में खर्राटों की खरखराहट और दीवार घड़ी की सनसनाती टिक-टिक। वह अपनी भयभीत नज़रों से फिर इधर-उधर देखता है। उसका दिल ज़ोरों से धड़क रहा है। होंठ और हलक़ बुरी तरह सूखे हुए हैं। साइड टेबल पर रखे जग से उड़ेलकर गिलास भर पानी वह गटागट पी जाता है। नींद उसकी आँखों से कोसों दूर है।

दिन भर मुस्तैदी से अपने दायित्व निभाकर बग़ल में पत्नी बेसुध यूँ सोई पड़ी है गोया, चर्बी का एक विराट पहाड़ ढह गया हो। शरीर के सारे कटाव माँस की परतों में बिला चुके हैं। वह एक लंबी और ठंडी साँस लेता है। बहुत कम औरतें बिना कपड़ों के भी ख़ूबसूरत लगती हैं। पत्नी के विरुद्ध इस शिकायत के साथ बरबस ही वह अपनी चेतना के अवयवों से एक अदद देह को नापने लगा है।

उन दिनों बहुत शोर था उसका।

आर जे 'कविता कादंबरी!'

रेडियो पर सुना भी था उसे। बहुत से रेडियो प्रेमियों की वह पहली पसंद हुआ करती थी। उसके बाक़ी मुरीदों की तरह वह भी उसके इर्द-गिर्द मँडराता रहा था। उसकी साड़ी के झीनेपन और बियर के गिलास पर कसी हुई बेधड़क उँगलियों को देखकर उसने दोस्तों के साथ उसके बारे में कई तरह के क़यास भी लगाए थे।

"दिलचस्प औरत है! बिलकुल अजंता एलोराटिस्ट!"

वह मित्र के कान में फुसफुसाया और मित्र ने भी पीठ पर धौल जमाकर मर्द ज़ात के पाज़ीपन के समर्थन में एक बेशर्म ठहाका लगाया था। यह पहला अवसर था जबकि वह बिलकुल उसके रू-ब-रू था। कुछ ही देर बाद परिचय की औपचारिकता निभाकर कुहनी मारते ही मित्र मध्यस्थता के दायरे से बाहर हो गया। वह कुछ सकुचाता और झेंपता-सा उससे मुख़ातिब हुआ।

"आऽप कविता हैं ना?"

"उँहूँ। पहेली।"

वह खिलखिलाकर बड़ी अदा से हँसी थी।

"पहेलियाँ सुलझाना मेरा पसंदीदा काम है।" उसने कहा था।

तब क्या जानता था कि उस पहेली को सुलझाने में उसके जीवन के सारे समीकरण यूँ उलझकर रह जाएँगे कि अपना सारा वुजूद ही उसे एक पहेली की तरह लगने लगेगा।

पत्नी ने उनींदेपन में कसमसाकर करवट ली और वह झंझावातों से बाहर बिस्तर पर लौट आया। इस सर्द रात में भी उसके माथे पर ढेरों पसीने की बूँदें छलक आई हैं। कमरे की नीरवता को तोड़ते पत्नी के असहनीय खर्राटे उसकी रात को और बोझिल बना रहे हैं। वह नहीं चाहता कि उसकी पत्नी को उसकी हालत की ज़रा भी भनक हो। वह उसके सामने कमज़ोर और डरा हुआ मर्द नहीं एक रौबदार मर्द बने रहना चाहता है।

अँधेरे में ही अंदाज़न चप्पलों को टोहता हुआ वह आहिस्ता से किवाड़ भिड़ाकर छत पर निकल आया।

रात का समूचा सन्नाटे भरा विस्तार।

सब तरफ़ एक मनहूस चुप। बीच-बीच में कभी-कभार किसी कुत्ते के भौंकने की आवाज़ रात की निस्तब्धता को बेधकर उसे विचलित कर रही है। हवा के ज़ोर से सीढ़ियों को जाने वाला लोहे का दरवाज़ा चरमरा रहा है। उसके क़ब्ज़ों ने शायद ज़ंग पकड़ लिया है। उसे यह चरमराहट डरावनी लग रही है। साथ में झींगुरों की मिली-जुली झुन-झुन कानों में कोई गुप्त

संदेश देकर सनसनाहट भर रही है। वह इस रहस्यमयी भाषा को डिकोड करना जानता है।

''पता है न एक दिन भेड़िया सचमुच आ गया था।''

वह अपनी सतर्क आँखों से मलगज़ी अँधेरे को घूरने लगा। छत पर टहलते हुए उसे अपनी ही परछाईं संदिग्ध लग रही है। ख़ुद की साँसों और धड़कनों की आवाज़ से उसे किसी और के क़रीब होने का भ्रम हो रहा है। घर के पिछवाड़े पेड़ों की क़तार दूर तक जाती हुई दिख रही है। बस काली कलूटी-सी कुछ लंबी परछाइयाँ भर। आसमान साफ़ है। पूरा खिला हुआ चाँद। सब तरफ़ फ़ैली हुई धवल चाँदनी और बहुत से छिटके हुए दिपदिपाते तारे। उसे याद आ गया कैसे बचपन में वह तारों को गिनने की कोशिश किया करता था। हर बार गिनती गड़बड़ा जाती और वह फिर-फिरकर गिनतियाँ करता। उसे अपने बचपन को यूँ याद करना बहुत सुखद लगता है। काश! वह कभी बड़ा न होता। माँ उसके सारे डर ख़ुद पर ओढ़ लेती। न कोई भेड़िया होता न उसके सचमुच चले आने का डर।

सर्दी अभी गई नहीं है। ऐसे में उसे मुँह पर लिहाफ़ तानकर सुबह देर तक सोना पसंद है लेकिन महीनों से वह नहीं सोया। उसे अँधेरे से डर नहीं लगता। पूरे चाँद से लगता है। पूनम का चाँद! गुर्राहट और सन्नाटे को चीरती हुंकार! उसकी आँखों में किसी अँग्रेज़ी फ़िल्म का दृश्य घूम गया। ऐसे में कहीं घात लगाए बैठा वो कद्दावर भेड़िया किसी भी पल उछलकर उसे दबोच ले तो... क्या करेगा वह?

भय की सिहरन महसूस कर उसने सिगरेट सुलगा ली। वह भयभीत होकर भागना नहीं चाहता। वह अपने डर को जीतने के लिए यहीं छत पर कुछ देर टिके रहना चाहता है।

वह ज़ोर से कुछ लंबे कश खींचता है।

हवा में छितरा गए धुँए में एक शक्ल फिर आकार लेने लगती है।

शांतिवन की डूबती हुई वह पुरकशिश शाम। ज़मीन पर यूकेलिप्टस के साये लंबे हो रहे थे।

उसकी नम हथेलियों को हाथों में थामे हुए उसे पहली बार लगा था,

शाम बहुत छोटी होती है।

कश-म-कश में डूबते-उतरते वह किसी तरह कह सका था- ''मैं शादीशुदा हूँ।''

और बदले में हैरान रह गया था। वह सहज पड़ी रही थी हमेशा की तरह उसके चौड़े कंधे पर सिर टिकाए।

''जानती हूँ। मैं किसी मुग़ालते में नहीं हूँ।''

उसकी आँखों में झाँककर वह अजीब अंदाज़ से मुस्कराई।

''पता है मैं हमेशा सोचती हूँ एक मर्द और पति क्या वाक़ई कभी कहीं से भी अलग होते हैं?''

वह और भी हैरान हुआ था कि क्योंकर उसके नज़दीक वह एक औरत और पत्नी को अलग-अलग देख पाता है।

वह समर्पित होना जानती थी और समर्पण कराना भी उसे बख़ूबी आता था। जीने के लिए अपने सिद्धांत और फ़लसफ़े तय करने वाली वह औरत कभी-कभी उसे सच कम और फँतासी अधिक लगती थी। या फिर सच और कल्पना के ठीक बीचो-बीच खड़ी कोई पहेली या जीने के लिए सबसे बेहतर एक विकल्प।

उसके काले-सफ़ेद सपनों में जैसे रंग भरने लगे थे। भविष्य के लिए किए गए क़स्मे-वादों और किसी भी तरह की प्रतिबद्धता से निपट आज़ाद मानो वह किसी जन्नती दुनिया में था।

लेकिन!

औरत और मौसम कब रंग बदल जाए क्या पता!

उसे बख़ूबी याद है कैसी ललक और लाड़ से उसका हाथ एक दिन अपने पेट पर रखकर उसने कहा था- ''तुम्हारा मुझमें साँस लेना कितना मज़ेदार है!''

और उसने एक अप्रिय झटके से अपना हाथ खींच लिया था जैसे बिजली का नंगा तार छू गया हो। तमाम एहतियातों के बाद यह कैसे संभव था! कितनी दुनियादारी समझाने पर बड़ी मुश्किलों से रोते-कलपते उसने वह दो छोटी गोलियाँ गले से उतारी थीं। हफ़्ते तक वह पेट में घुटने दिए

औंधी पड़ी रही। जाने कब उन गोलियों की कड़वाहट उसकी ज़िंदगी में घुलती चली गई।

"अब और नहीं। तुम्हें एक को चुनना होगा।"

अचानक ही एक रोज़ इस घोषणा के साथ उसने अपने चारों ओर बग़ावत की चिरांध महसूस की थी। वह चौकन्ना हो उठा था। एक तरफ़ वह अकेली दूसरी तरफ़ अपने तमाम अधिकारों से लदी-फदी पत्नी। लोग। समाज। वर्जनाएँ। रिश्ते-नाते। अपने सारे प्रयत्नों के बाद भी वह अधिक दिनों तक छलावों की मरीचिका में कहाँ रख पाया उसे!

"मैं अब हाशिए पर नहीं रह सकती।"

उसकी ओर से स्पष्ट फ़ैसला सुना दिया गया।

बिना किसी सुनवाई के एकतरफ़ा फ़ैसला। दुनिया की तमाम औरतें अंततः इस आत्महीनता से परे कुछ नहीं। अगली बार उसका गर्भ महज़ एक इत्तफ़ाक़ नहीं था। और इस बार वह अटल थी।

वह त्रिशंकु-सा बन गया।

शापित! असहाय और लाचार।

उधर वह भी अब जैसे संत्रप्त हो चली थी। किसी भी 'ना' के विरुद्ध। उसका हँसना-बोलना लगातार कम हो रहा था। उसी अनुपात में बढ़ रही थी उसकी बेहूदगी, सनक और कुंठा। द्वेष और अपेक्षाओं की हताशा से उपजा अवसाद जिसे झेलने को वह क़तई प्रस्तुत न था। रोज़ की कलह, चीख़-चिल्लाहट, नोच-खसोट, गुत्थम-गुत्था। वह आजिज़ आ चुका था और अब छुटकारा चाहता था।

लेकिन पहेली उलझकर अधिक जटिल और जुनूनी हो गई। वह हदें लाँघने लगी थी।

"कितना अच्छा हो हम हमेशा एक साथ रहें।"

फिर शुरू हुई थी, उसे भयभीत करने को उसकी सनक भरी आत्मघाती कोशिशें।

वह प्रायः ऐसी ख़ताएँ करने लगी थी। कई बार अचानक आधी रात उसका फ़ोन घनघना उठता।

"तुम्हारे घर के बाहर हूँ। आ रहे हो या अंदर आ जाऊँ?"

कभी देर रात वह गहरी नींद में होता और उसे दी जाती छत से कूद जाने की चेतावनी। कभी बात की बात में ढेरों नींद की गोलियाँ निगल ली जातीं। कभी ख़ूनमख़ून कलाइयाँ। धीरे-धीरे वह आदी होता गया। और शायद एक हद तक लापरवाह भी। उसकी सनक, उम्मीदों, शब्दों और धमकियों के प्रति।

और उस रात भी तो वह लापरवाह ही बना रहा। काश! वह समझ पाता उसकी मंशा। जब उसने कहा था- "मैं इस तरह और नहीं जी सकती।"

वह खीझ गया था- "जो जी में आए करो। कहा तो था मैं शादीशुदा हूँ।"

उसका लहज़ा सर्द हो उठा था- "तुम्हें मुझसे डर नहीं लगता?"

अपने उभरे हुए पेट को अपनी हथेलियों से थपथपाकर वह कसैलेपन से मुस्कराई।

"मौत वो सबसे बुरी चीज़ नहीं जो हमारे साथ हो सकती है, बिना मौत भी हम कई बार मरते हैं।"

फिर छोटी-सी चुप्पी के बाद उसने पूछा-

"अच्छा बताओ! वो गड़रिये वाली कहानी तो सुनी है न तुमने?"

वह ऊबा हुआ-सा सुनता रहा।

शून्य में घूरती हुई वह एक-एक शब्द चबाकर बोली-

"जानते हो ना एक रोज़ भेड़िया सचमुच आ गया था?"

आधी-अधूरी बात पर संशय की धुँध फैलाकर वह देर तक हँसती रही। उसने उसके संवादों के संदर्भ तलाशने की ज़रूरत न समझी।

अगली सुबह उसकी झुलसी हुई लाश मिली थी।

वीभत्स! दारुण! डरावनी!

ज़िंदा थी तो बस आँखें जो अजीब कैफ़ियत तलब कर रही थीं।

"तुम्हें मुझसे डर नहीं लगता?"

वह पागलों के मानिंद रोना चाहता था किंतु उसे जैसे सन्नाटा निगल गया। एक घातक भेड़िया जाने कहाँ से कूदकर उसी रोज़ से उसके भीतर आ

बैठा था, जिससे वह दहशत खाता है।

सोचते-सोचते वह इस क़दर हाँफ़ने लगा है जैसे कहीं दूर से दौड़कर आया है। फ़र्श पर सिगरेट के ढेरों टोंटे पड़े हैं। वह कलाई पर वक़्त देखता है। सुबह बस होने को ही है। उसे ज़ोरों का पेशाब लगा है। वह आहट लेता है। ग़ुसलख़ाने में गुनगुनाहट के बीच पत्नी की दिनचर्या आरंभ हो चुकी है। बग़ल वाले कमरे में बेटा स्कूल जाने को तैयार हो रहा है। उसका दिल और दिमाग़ दोनों बहुत थके हुए हैं। वह एक छोटी-सी नींद लेना चाहता है। बिना सपने की सुकून भरी नींद। वह निश्चय कर चुका है कि आज ख़ुद को डॉक्टर परीक्षित के हवाले कर देगा। और इस विजिट में उसे इलाज की पूरी उम्मीद है।

अनुपमा गांगुली का चौथा प्यार

आठ महीने के देबू को कंधे से लगाए अनुपमा गांगुली जब नैहाटी जंक्शन पहुँची तो नौ-पंद्रह वाली लोकल पटरियों पर रेंगने लगी थी। उसने ख़ुद को कोसना भेजा। कैसी कूढ़ मगज़ हो, वक़्त का ज़रा अंदाज़ नहीं? कल भी कुछ फ़र्लांग की दूरी पर थी और ट्रेन सामने ही धड़धड़ाती गुज़र गई। फिर सारा दिन का कोसना-कलपना। किसी पैने नश्तर की तरह मन-प्राण में पैवस्त होता एक अबूझ ख़ालीपन जिसका कोई पार नहीं। अपनी कल की हालत को याद कर उसे घबराहट होने लगी। वही सब आज फिर नहीं। उसने इरादा किया और इससे पहले कि ट्रेन रफ़्तार पकड़ती बिना एक पल गँवाए साड़ी के पल्लू को कमर में खोंसकर वह ट्रेन की गति के साथ दौड़ पड़ी।

यह सम्मोहन और बेलगाम चाहतों की दौड़ थी। ट्रेन का छूट जाना आज मंज़ूर न था।

इस दौड़ में कंधे पर सोया देबू बाँह पर खिसक आया था। थोड़ी-सी भी चूक जानलेवा हो सकती थी। लेकिन उसे अपने यूँ जोख़िम उठाने पर कोई ताज्जुब नहीं हुआ। प्रेमिकाएँ कच्चे घड़े का अवलंबन लिए उफनते दरिया में कूद पड़ती हैं।

उसने अपनी बाँह में देबू को कसकर दबोच लिया। पायदान पर पाँव जमाया और ठीक अगले ही क्षण पोल पर झूलती हुई बिल्ली-सी ख़ूँख़ार

फुर्ती के साथ अंदर समा गई।

उसे लगा वह बेकार ही डरती थी। कितनी ही औरतें तो रोज़ ऐसा करती हैं। दौड़ती लोकल पकड़ना उसके लिए बिलकुल सरल-सा काम था। ठीक इतना ही सरल जितना आजकल उसके लिए किसी औरत को देखने भर से उसकी ब्रेसियर का साइज़ जान लेना है।

यह ख़्याल आते ही उसका मन हँसने को हुआ कि यह कैसी बेहूदा नौकरी है। कितनी ऊल-जुलूल-सी बातें मन में आती हैं!

ठस्समठस्स भीड़ थी। उसे बैरकपुर का इंतज़ार था। अभी पूरे बीस मिनट बाक़ी थे। तक़रीबन एक घंटे के सफ़र में बस ये बीस मिनट ही उसे असह्य थे। बाक़ी समय को फुर्र से उड़ जाना था। अगर आज भी वह यह लोकल न पकड़ पाती तो... ?

उसकी सारी चेतना इस अप्रिय 'तो' पर ठहर गई। एक सयानी औरत के केंचुल में लिपटी अंधी प्रेयसी उद्विग्न हो उठी।

तो...

दिन पहाड़-सा होता। उस सलोने आदमी को देखे बिना एकदम फीका और बेरंग।

बाहर की सयानी औरत को यह उद्विग्नता फ़िज़ूल लगती है। उसने डपटकर कहा, "कैसा फ़ितूर है, तुम्हें उसके सिवा कुछ सूझता भी है?"

"नहीं सूझता।" प्रेयसी ढीठ और बेफ़िक्र है।

"मैं उसके प्रेम में हूँ।"

"चौथी बार!" सयानी औरत विद्रूपता से मुस्कराने लगती है।

"क्या हर्ज़ है?"

प्रेयसी मोहब्बत के फ़लसफ़े जानती है। उसे जिरह पैरवी करने से गुरेज़ नहीं।

"अगर एक बार तो चौथी बार क्यों नहीं? सही पात्र न मिले तो सौ बार भी लाज़िम है।"

सयानी औरत पूछती है।

"मगर किस बिना पर? कोई भला आदमी इस दमघोंटू लोकल में

उसके रोते बच्चे को बहला दे और इसके बदले वह अपनी तमाम सोच उसके नाम लिख दे।''

''सिर्फ़ इसलिए तो नहीं।''

प्रेयसी को दंभ है कि वह सब जानती है जो कुछ भी मोहब्बत में है।

वह यक़ीन से कहती है, ''लेकिन अगर वो भला आदमी किसी उद्धारक की तरह इस लोकल की सारी उलझनों से उसे उबार ले, तब तो सपने उसके नाम किए जा सकते हैं न?''

सयानी औरत मुतमइन न हुई। मगर ख़ामोश हो गई।

प्रेयसी उस भले आदमी की उदारताओं को सोचने लगी कि जब देबू लोकल की इस निर्दयी भीड़ में दूध के लिए उसकी छातियाँ ढूँढ़ने लगता है और वह लज्जा से मरी जाती है, तो नज़दीक बैठा वह भला आदमी कैसे उसके लिए अपने अख़बार की एक सुरक्षित दीवार चुन देता है। उसकी एक सिसकारी से बिना देखे ही वह कैसे जान लेता है कि देबू कटखना हो गया है। रबड़ की उन रंगीन चाभियों (टीथिंग कीज़) को याद करके वह कृतज्ञ हो उठी, जिन्हें उसने देबू के हाथ में थमाया था। कौन कहता है पुरुष का प्रेम आँखों से और स्त्री का कानों से शुरू होता है। उसने तो कभी उसे आँख भर न ही देखा न ही कभी उनके बीच प्रेम जैसे किसी शब्द पर कोई संवाद हुआ था।

अचानक उसे लगा कि कंधे पर लटके जूट के थैले में वाइब्रेशन मोड पर लगा मोबाइल बहुत देर से गुर्रा रहा है। उस तरफ़ उसका ध्यान ही न था। थैले में बहुत-सी चीज़ें थीं। प्लास्टिक का लंचबॉक्स, बेबी पाउडर, डायपर, एक पुड़िया में बँधा सेरेलक, तौलिया, पानी की बोतल। उसने उँगलियों से टोहकर मोबाइल को बाहर खींच लिया। मोबाइल गुर्राकर ख़ामोश हो चुका था। छह मिस्ड कॉल। सुरंजन आजकल ख़ूब फ़ोन करता है। दिन में दो-एक बार तो ज़रूर ही। उठाते ही बेसिर-पैर के बीसियों सवाल।

''देबू बिलकुल मुझ पर पड़ा है न। दूध-भात खाता है या नहीं। उसके बाल छिलवा देंगे तो बाल अबकी भी घुँघराले आएँगे न। अच्छा कितने दिन में वो मुझे पहचानने लगेगा?''

वह सोच रही थी इन बेज़ा सवालों में कोई एक भी उसके लिए है?

घंटियों जैसी वो हँसी, जिस पर सुरंजन मर मिटा था, देबू की किलकारियों में जज़्ब हो गई है, जिन्हें सुन लेने को वह आजकल ख़ूब बेसब्र हुआ रहता है।

कैसे अचानक ही हमारे प्रेम का विस्थापन किसी दूसरे पर हो जाता है।

बाप बनते ही मर्द आख़िर बौरा क्यों जाते हैं! बिना किसी शारीरिक परिवर्तन के ऐसा हृदय परिवर्तन! इन अर्थों में पितृत्व माँ होने से कहीं ऊपर है। उसे अपने पिता की याद हो आई और सुरंजन पर श्रद्धा होने लगी। किंतु अगले ही पल उसने सोचा, कितना कहा था कि नौकरी के लिए बाहर न जाओ। एक बार मुल्क छोड़कर आदमी सारी उम्र के लिए परदेस का हो जाता है। मगर सुरंजन ने उसे समझाया, "सत्तर हज़ार तनख़्वाह है। ओवरटाइम अलग। खा-पीकर भी लाख रुपये कहीं नहीं गए।" सुनकर उसकी आँखें फैल गई थीं। उसने ख़ुद को आश्वस्त किया डेढ़ साल ही तो है, कट जाएँगे। फिर वह इस बाड़ी में नहीं रहेगी। एक ऊँची छत वाला खुला मकान लेगी। सुरंजन के चले जाने के पंद्रह दिनों बाद उसे अपने गर्भ की ख़बर हुई। इतनी जल्दी जाने किस लिपत में फँस गई। पता होता तो सुरंजन को कभी जाने न देती।

उसने देबू को देखा। देबू ने होंठ दूध पीने की मुद्रा में सिकोड़ रखे हैं। बीच-बीच में वह अपने होंठों को चलाने लगता है। उसे उस पर लाड़ आने लगा। देबू है भी कित्ता प्यारा! गोल-मटोल गदबदे ख़रगोश-सा। बिलकुल सुरंजन पर पड़ा है। वैसी ही नाक, माथा और उजला रंग। वह रोज़ कानी उँगली से उसके माथे के बीचो-बीच एक नज़रबट्टू रख देती है। घर छोड़ने से पहले यह आख़िरी काम है जिसे वह कभी नहीं भूलती। उसने देबू को प्यार से चूम लिया। फिर याद आया सोते बच्चे को प्यार नहीं करना चाहिए।

मोबाइल दोबारा गुर्राने लगा था। एकबारगी मन हुआ बात कर ले। मगर बैरकपुर आने को है। अगर बात पर बात निकलती गई तो जाने कित्ती देर लगे और फिर बैरकपुर...

उसने मोबाइल को गुर्राने दिया।

अब तक वह भीड़ के जटिल व्यूह को बेधकर खड़े होने लायक़ जगह बना चुकी थी। लेकिन उसे पूरी आशंका थी कि अगले ही स्टेशन पर भीड़ का कोई रेला आएगा और उसे कहीं भी पटक देगा। किसी की बदबूदार साँसों से जी घिन्ना जाएगा। किसी की गलीज़ उँगलियाँ उसकी रान को छूती गुज़र जाएँगी। कितना ही शरीर को सिकोड़ेगी किसी का गुस्ताख़ कंधा उसके जिस्म को छीलता निकल जाएगा या किसी के जूते के तले उसका पाँव कुचल जाएगा।

सारी धकापेल में बाक़ी दिनों से जुदा देबू आज कंधे पर चुप सोया पड़ा था। फिर से बुख़ार तो नहीं, उसने बुशर्ट के भीतर हाथ सरकाकर तसल्ली की। उसका बदन पसीने से तर था। जैसे अभी हरारत टूटी हो। उसके माथे, नाक और होंठों के ऊपर पसीने की बूँदें ओस कणों की तरह उभर आई थीं। और कोई दिन होता तो भीड़ और गर्मी से आक्रांत होकर वह बुक्का फाड़कर रोने लगता। रोते-रोते इस क़दर बिछलता कि फिर ब्लाउज़ के हुक खोले बिना त्राण नहीं। उसकी शिकायत कोई हो मगर ज़रूरत एक ही थी। वह कभी भी कहीं भी आक्रामक ढंग से उसकी छातियाँ टटोलने लगता। उसका रोना जितना प्रचंड होता उसी अनुपात में दूध के लिए उसकी आक्रामकता। ऐसे समय उसके जिस्म में चींटियाँ-सी रेंगने लगती हैं और दिल अपनी जगह से दाईं ओर झुक जाता है। उसे कुछ नहीं सूझता कि वह क्या करे। और तो और ये डरावने पल उसकी रातों के दुःस्वप्न बन गए थे।

वह सपनों में देखती कि देबू के चार छोटे धवल दाँत किसी दैत्य की तरह लंबे और नुकीले हो गए हैं। उसके नाख़ून बहुत तेज़, पैने और धारदार हैं। किसी ज़िद में उसने उसके ब्लाउज़ को दाँतों और नाख़ूनों से चींथकर रख दिया है। हुजूम का हुजूम आँखें फाड़े उसे घूर रहा है। और वह दोनों हाथों से अपनी छातियों को ढाँपे दोहरी हुई जा रही है।

कभी देखती कि जाने किस हड़बड़ी में दूध पिलाने के बाद ब्लाउज़ के हुक लगाना भूल गई है। हवा का कोई निर्लज्ज थपेड़ा उसका पल्लू उड़ाए जा रहा है। बहुत से आदमी औरत उसकी नग्नता पर हँसी-ठट्ठा कर रहे हैं।

इन सपनों ने मारे डर के उसकी नींदें उड़ा दी थी। एहसान उस भले

आदमी का जिसने उसे उबार लिया।

अपने सपनों में आजकल वह देखती है एक लंबी-अकेली सड़क जिसके दोनों ओर यूकेलिप्टस की क़तारें हैं। उनसे लिपटी लाल-सफ़ेद फूलों की लतरें हैं। सड़क के दूसरे छोर पर एक दिव्य पुरुष की छाया उसे व्यग्र प्रेमी की तरह पुकार रही है। और वह इस आवाज़ को पहचानकर बेतहाशा दौड़ रही है।

सरपट भागती लोकल किसी स्टेशन पर रुकी। उसने झाँककर देखा 'श्यामनगर'। अगला स्टेशन बैरकपुर होगा। वह सँभल गई। बस दस मिनट और देबू यूँ ही सोता रहे।

ट्रेन में रोज़ का परिचित माहौल था। 'आनंद बाजार' के पन्ने रुचि और रुझान के हिसाब से बाँट लिए गए थे। कुछ हाथों में अँग्रेज़ी अख़बार थे। उन चेहरों पर ज़हीनियत की ठसक थी। दाईं तरफ़ की एक सीट पर कुछ नौकरीपेशा मर्द ताश के पत्तों को जापानी पंखों की तरह हाथों में फैलाए जोशो-ख़रोश के साथ 'स्वीप' की बाज़ी में मशग़ूल थे। छुट्टी के दिन सुरंजन बाड़ी के दोस्तों के साथ दिन-दिन भर ताश की बाज़ियों में लगा रहता था। और चाय पर चाय माँगता था। उसे सुरंजन पर ख़ूब खीझ होती थी।

ग्रैब हैंडलों पर झूलते कुछ नए लड़के शाम को होने वाले क्रिकेट मैच की हार-जीत पर क़यास लगा रहे थे। उसके निकट ही बग़लों में झोले दबाए दो औरतें बड़ी देर से बढ़ती महँगाई पर अपना दुखड़ा साझा कर रही थीं। औरतें कितना बोलती हैं! इसलिए उसे जनाना डिब्बों से ख़ासा परहेज़ है।

अचानक उसने अपनी पीठ के निचले हिस्से पर कोई सख़्त दबाव महसूस किया। एक लिजलिजी छिपकली-सी समूचे बदन पर रेंग गई। उसने मुड़कर देखा। एक बड़ा-सा डोल लिए कोई सोलह-सत्रह का लड़का था। उसके कपड़ों से छेने की खटास भरी गंध उठ रही थी। होंठों के ऊपर बालों की विरल रेखा अभी जमने ही लगी थी और आँखों में सारे जहाँ की वहशियत और नदीदापन। ये वो कुत्सित और भेदक आँखें थीं जो किसी औरत के बुर्क़े के पार भी झाँक सकती हैं। घृणा से उसका बदन फरफरा उठा। अभी वह होता तो इस दुष्ट लड़के पर चढ़े कामुक प्रेत को एक

झापड़ में झाड़ देता। उस भले आदमी की निर्विकार आँखें उसकी आँखों में मुस्कराने लगीं। वह कितना सज्जन और शालीन है। एक अनिवर्चनीय श्रद्धा से वह अभिभूत हो उठी। वह चुपचाप दो सीटों के बीच की तंग जगह में खिड़की से सटकर खड़ी हो गई।

खिड़की वाली सीट पर दोहरी देह की एक औरत बैठी ऊँघ रही थी। उसकी बग़ल में ज़रूरत से कुछ अधिक ही तनकर बैठा मरघिल्ला-सा आदमी शायद उसका पति था। जो दुबलेपन की अपनी हीनता को मूँछों में पैने ख़म देकर काफ़ूर कर देना चाहता था। मगर बावजूद इसके उसके चेहरे पर क़तई रुआब न था। मोटी औरत उस पर ढही जा रही थी। उसके ब्लाउज़ की तंग बाँहों से छितराया हुआ गोश्त और बाहर को उबली पड़ती उपलों-सी छातियाँ।

अड़तीस...

उसने अनुमान लगाया और मुस्करा दी।

चाऽऽऽऽ गौरोमऽऽऽ

टेर लगाता चायवाला भीड़ में गलियारा बनाकर इसी तरफ़ को आ रहा था।

इतनी गरमी में गरम चाय!

सुरंजन जेठ की गरमी में उसके सारी ना-नुकुर और झल्लाहट के बाद भी उसे दबोच लेता है। बाड़ी की नीची छत और नीचे उतर आती है।

"गरमी गरमी को मारती है।"

कैसी उल्टी बात है! वह साड़ी के छोर से चीकट हो आई गर्दन को पौंछने लगी। चायवाला उसकी तरफ़ आस भरी नज़र से देख रहा था। उसे जाने क्यों सुरंजन और चायवाला बिलकुल एक-से लगे। उसे लगा चायवाला अपनी निरीह मुस्कराहट फेंककर कह रहा है, "एक चाय ले लो जी। गरमी गरमी को मारती है।"

उसने हिक़ारत से मुँह फेर लिया।

पीछे झाल मूड़ी वाला अपना खोमचा लिए तैयार था। कच्चे तेल की झाँस चाय की गरमी से कुछ बेहतर थी। ऐसे माहौल में लोग खाते भी कैसे

होंगे! इस समय उसके पेट में तंदूर-सा जल रहा था। सुबह जल्दी में कुछ भी खाकर नहीं चली थी। सवेरे की मसरूफ़ियत और ज़रूरतों में खाना ही उसे गौण लगता है। उसके थैले में दोपहर के लिए जल्दबाज़ी में बनाए गए दो पराठे और लाल मिर्च का अचार था।

कुछ दूर दो कमसिन लड़कियाँ मुँह जोड़े कुछ फुसफुसा रही थीं। वे बहुत धीमी आवाज़ में कुछ कहतीं और फिर बहुत ज़ोर से हँस पड़तीं। इस उम्र में लड़कियाँ फुसफुसाकर बतियाना सीख जाती हैं। उसे उनकी हँसी पर रश्क हुआ। उसे याद आने लगीं अपनी हमजोलियाँ और ऐसी ही बेवजह की खिलखिलाहटें। ढेले मारकर शहतूत और झरबेरियाँ गिराना और उन पर टूट पड़ना। स्कूल कैम्पस और घुँघराले बालों वाले म्यूज़िक सर। उसे याद आ रहा था उनका गिटार बजाते हुए झूमकर गाना, 'ओऽऽऽ सुज़ियाना नाउ डोंट यू क्राई फ़ॉर मी...'

वह होंठों-ही-होंठों में हठात् गुनगुनाने लगी।

''फ़ॉर आई कम फ्रॉम अलाबामा विद माय बैंजो ऑन माय नी...''

उसे अचंभा हुआ सालों पुराना सुज़ियाना गीत उसे याद है!

बोर्ड पर सरगम लिखते समय उसे गुम देखकर अक्सर म्यूज़िक सर उसकी गर्दन के ठीक नीचे चॉक का टुकड़ा खींच मारते। ''पॉमेला अंतरा सुनाओ।'' उन्नत शिखरों के बीच दर्रे में चॉक कहीं फँस जाती और शर्म से उसकी कनपटियाँ लाल हो आतीं। वहीं ख़ुद पर ग़ुरूर भी होता कि इतनी लड़कियों के बीच म्यूज़िक सर ने अपनी इस दिलकश ख़ुराफ़ात के लिए उसी को चुना। उसे इल्म था कि उसकी कौन-सी ख़ूबी पर म्यूज़िक सर उसे 'पॉमेला' बुलाते हैं। अपनी कमीज़ को दो इंच सिलाई लगाकर और स्कर्ट को ढाई इंच छाँटकर उसने भी 'पॉमेला' बनने में कसर न छोड़ी। स्कूल छोड़ते समय म्यूज़िक सर ने बड़े लाड़ से उसके गाल पर चपत लगाई थी। बहुत दिनों तक उसे लगा कि म्यूज़िक सर अपनी गर्म उँगलियाँ वहीं उसके गाल पर छोड़ गए हैं।

कोई साल भर बाद इस सम्मोहन को मोहल्ले के एक जाँबाज़ छोकरे ने तोड़ दिया। जो उसकी एक झलक के लिए घंटों छत पर तपा करता। और

उसके पीछे फर्राटे से स्कूटर घुमाता। इस हिमाक़त पर एक दिन उसे बेतरह पीटा गया।

सुरंजन से मिलना भी उसके लिए कुछ कम रोमांचक न था। वह लोकल में उसके बिलकुल नज़दीक खड़ा था और उसने पूछा था, ''कोथाई नाम्बे?''

बिना सोचे ही वह तपाक् से बोल पड़ी, ''अनुपमा झा।''

सुरंजन के साथ बाक़ी सब भी ही-ही कर हँस पड़े थे। वह खिसियाकर रह गई थी। उसने सोचा था इस शहर में बांग्ला सीखे बिना गुज़र नहीं।

बात की बात में सुरंजन से मुलाक़ातों का सिलसिला चल निकला। बहुत जल्द वह अनुपमा गांगुली बन गई।

लोकल की रफ़्तार धीमी पड़ने लगी थी और धड़कनों की तेज़।

बैरकपुर आ गया था।

उसकी नज़र गिद्ध की तरह प्लेटफॉर्म पर चिपक गई। एक-दूसरे को धकियाते लोग-ही-लोग। जैसे मधुमक्खियों के छत्ते पर किसी ने ढेला मार दिया हो और वह पगलाई-सी उड़ती फिर रही हों। उसने नज़रें गाड़कर देखा। वह कहीं न था। उसकी बेचैनी फनफनाकर बेक़ाबू हो रही थी।

वह आया क्यों नहीं?

कहीं बुख़ार-वुखार तो नहीं?

कहीं ऐसा न हो कि आज वह अपनी ट्रेन गँवा बैठा हो!

आशंकाओं के पीछे भागते हुए उसकी साँसें फूलने लगीं। काश! यह आख़िरी स्टेशन होता तो वह बाहर निकलकर उसे ढूँढ़ने लगती।

मोटी औरत जागकर आँखें मल रही थी। उसने अपने भारी-भरकम हाथ से उसे टहोककर अपनी जगह बैठने का इशारा किया और अपना कुल वज़न घुटनों पर तौलती हुई उठ खड़ी हुई। इस वक़्त उसकी टाँगें जवाब दे रही थीं। वह बेजान-सी सीट पर फैल गई।

बैरकपुर पीछे छूट रहा था।

वह खिड़की से बाहर ताकने लगी। दृश्य तेज़ी से बदल रहे थे। पोखर में नहाती भैंसें। काई जमी खपरैलें और बेढब झोंपड़े। खजूर और केले के

दरख़्त और उन पर लटकी गाछें। मुंडेरों पर बैठे पीली आँखों वाले नंग-धड़ंग बच्चे। कीचड़ में लोटते सूअर। पटरियों के नज़दीक कुड़कुड़ाती मुर्ग़ियाँ। घरों के उपेक्षित पिछवाड़े। बिना पलस्तर की दीवारें और उन पर लिखे खोई ताक़त और जवानी वापस लौटाने वाले हकीमों के पते। निरमा साबुन और घोड़ा बीड़ी के विज्ञापन। क्रॉसिंग पर इंतज़ार करते वाहनों की क़तारें।

किंतु वह इन सबसे बिलकुल असंपृक्त थी।

बराबर से कानों में हल्ला मचाती एक मालगाड़ी गुज़र गई। देबू चिहुँककर जाग गया। वह अपनी अबोध आँखों से दुनिया देख रहा था। वह सोचने लगी जब देबू पैदा हुआ था उसे लगता था अब और कोई चाह बाक़ी नहीं। ऐसा ही सुरंजन को पाकर भी लगा था। अब कुछ और नहीं चाहिए कहते-कहते भी मन कितना कुछ चाहता है। हवा की तुर्शी से या किसी और बात से उसकी आँखों में पानी छलक उठा।

सियालदह उतरी तो गला सूख रहा था। उसने झोले में रखी पानी की बोतल से गला तर किया। उसे प्यास लगी थी लेकिन पानी खारा और कुनकुना-सा था। सूरज अभी से सिर पर था। रात थोड़ी बूँदा-बाँदी हुई थी। खुलकर बरस जाता तो कुछ राहत होती। वह रिक्शा देखने लगी। नज़दीक ही छाँव में सुस्ताता रिक्शेवाला शायद बीड़ी पीने की फ़िराक़ में था। लेकिन सवारी को देख उसने वापस बीड़ी अपने कान पर अटका ली।

''कैनिंग स्ट्रीट।''

रिक्शेवाला गमछे से पसीना पोंछकर बोला-

''दौस टका।''

उसने छिपे-छिपे साड़ी की चुन्नटें ठीक की और बिना हील-हुज्जत के बैठ गई।

रास्ते भर उसकी बंजारन आँखें सड़क छानती रहीं। बिलकुल ऐसे जैसे हमारी कोई बेहद प्रिय चीज़ कहीं खो जाए और हम उसके मोह में उसे असंभावित जगहों पर भी खोजते रहें।

***

दुकानों के पिछवाड़े सँकरी गली के मुहाने पर जाने कब से रंग-रोगन को तरसती एक गंदली-सी इमारत थी। उसके ठीक सामने गंधाता हुआ सार्वजनिक शौचालय। वह पल्लू से नाक भींचकर पहले तल्ले पर चढ़ गई।

एक मैली-कुचैली अधेड़ औरत दौड़ी आई।

"अजा एता दुरा!"

वह फीकी-सी मुस्करा दी।

बिना खिड़कियों वाला हॉलनुमा कमरा था। मगर छत ऊँची थी। लकड़ी के नंगे तख़्त पर आधे हिस्से में प्लास्टिक का बिछावन था। उस पर दो छोटे बच्चे सोए पड़े थे। फ़र्श पर एक बड़ी चटाई बिछी थी। एक आठ-दस महीने का बच्चा घुटनों के बल रेंग रहा था। वह हवा भरे रबड़ के बबुए को अपनी नन्ही हथेलियों में भर लेना चाहता था। एक कोने में बाँस के हिंडोले में एक बच्ची गला फाड़कर रो रही थी। अधेड़ औरत एक हाथ से हिंडोले को और दूसरे हाथ में झुनझुना हिलाती हुई उसे पुचकार रही थी।

नेक औरत है। देबू को ऐसे ही दुलार करती होगी। उसने सोचा और दीवार की ओर मुँह करके चटाई पर बैठकर देबू को छाती से लगा लिया। दस मिनट में ही वह तृप्त हो गया।

उसने थैले से एक छोटा आईना निकालकर रुमाल के कोने से आँखों और होंठों से नीचे बह आए काजल और लिपस्टिक को पोंछ दिया। अस्त-व्यस्त हो गए बालों में उँगलियों की कंघी फिराकर चेहरे पर पाउडर पफ़ की एक और परत चढ़ा ली। दिवाकर सेठ हर बात में खुचड़ निकालता है।

"ऐसे नाय चलेगा सेल्स गर्ल को स्मार्ट दिखना चाहिए।" उसने देबू की दिन भर की ज़रूरत का सामान तख़्त पर रख दिया। मगर जाने क्यों रबड़ की चाभियाँ निकालते-निकालते थैले में वापस छोड़ दीं।

पौन घंटा देर।

दिवाकर सेठ कुढ़ रहा होगा।

उसने तेज़ कदमों से दुकान का रास्ता पकड़ लिया।

'परफ़ेक्ट इनरवियर्स'।

दस बाई बीस की अच्छी-ख़ासी सुसज्जित दुकान थी। अंदर क़दम रखते वक़्त उसने अपने चेहरे पर ज़माने भर की दीनता और बेचारगी को पसर जाने दिया। उसने देखा रमला और निवेदिता अपनी जगह पकड़ चुकी हैं।

साफ़ चमकते काउंटर के एकदम बीचो-बीच दिवाकर सेठ की रिवॉल्विंग कुर्सी थी या लेडीज़-जेंट्स को तक़सीम करने वाला एक विभाजन बिंदु। कुर्सी के दोनों ओर मर्दाना और जनाना डमी थीं। मर्दाना डमी पर V शेप का नीला जाँघिया और जनाना डमी पर उन्नाबी रंग की ब्रेसियर-पैंटी। कुर्सी के सामने काउंटर पर कैलकुलेटर और कम्प्यूटर बेज़रूरत ही रखे थे क्योंकि दिवाकर सेठ को उनसे कोई सबब न था। वह मगज़ का शक्की और हिसाब का पक्का ऐसा शख़्स था जिसे अपने अतिरिक्त और किसी पर यक़ीन न था।

उसे अंदर दाख़िल होते देख जुगाली करते हुए वह बाहर निकला और बेस्वाद हो चुके पान को पिच्च से एक कोने में थूक दिया।

"कोयट्टा बाजे?" वह घड़ी की ओर इशारा करके गुर्राया।

सूखे होंठों पर जुबान फिराकर उसने किसी तरह कहा-

"ग्यारह।"

वह सोच चुकी थी इन दिनों बुख़ार का बहाना ही ठीक होगा।

"दद्दा, आमार ज्वॉर छिला।"

माक़ूल वजह सुनकर भी सेठ गुर्राता रहा।

"तुमी की भाभछा आमी बोका। चाकरी छोड़े घोरे बोशो।"

उसने चप्पलों के भीतर अपने पाँव सिकोड़ लिए और अपना कंठ छूकर कहा-

"सौत्ति दद्दा।"

दिवाकर सेठ ने उसे अनसुना कर एक भरपूर जम्हाई ली तो उसके दाँतों की विकृति साफ़ नज़र आने लगी। उसने नीम उपेक्षित भाव से कहा, "ताले सौंध्या एक्स्ट्रा टाइम दुइ।"

फ़रमान सुनकर उसे अपना दिल डूबता-सा महसूस हुआ कि अब शाम

की लोकल में भी उससे मिलने की उम्मीद नहीं।

निवेदिता ने मुस्कराकर उसकी तरफ़ देखा तो उसे उसकी मुस्कराहट ज़हर की तरह लगी। निवेदिता उसे बहुत कुटिल और भौंडी-सी लगती है। गहरी काट का गला और सीने में ज़बरन पैदा किया औचक नुकीलापन। उसे नज़रअंदाज़ कर वह चुपचाप काम में जुट गई यह सोचते हुए कि शाम तक कोई जुगत लगाकर निकल लेगी।

कभी-कभी यह नौकरी उसे बहुत पकाऊ लगती है। सनक की हद तक औरतों की बेज़ा फ़रमाइशें। किसी को बैंगनी धरती पर सफ़ेद फूल चाहिए। किसी को गुलाबी पर नीली बुंदकियाँ। किसी को सी थ्रू, किसी को पैडेड। सब-की-सब उसे बीमार लगती हैं। एक ने तो हद ही कर दी जब उसे घूरते हुए कहा, "तुम्हारा ब्रांड कौन-सा है, वही दिखाओ।" उसे बड़ा क्रोध आया कि ब्रांड में क्या रखा है!

दिन भर यहाँ खाने तक की फ़ुर्सत नहीं। काउंटर के पीछे छिपे-छिपे बस किसी तरह ठूँस लो। चार बजे ढाई इंची के डिस्पोज़ेबल में मटमैली-सी चाय और दो टिक्कड़-से बिस्कुट या कभी दिवाकर सेठ बहुत ख़ुश हुआ तो तेल में डूबा एक सिंघाड़ा।

साँझ तलक उसकी पिंडलियाँ दुखने लगती हैं। पीठ में अकड़न की एक तेज़ लहर-सी उठती है मगर उस भले आदमी को सोचते ही वह किसी अनिवर्चनीय ख़ुशी से भर जाती है। एक मख़सूस चेहरे पर उसकी देह, मन, बुद्धि सब दाँव पर लगे हैं।

आज वह आपे में नहीं थी। हालाँकि, चौकोर खानों में डिब्बे पर डिब्बे जमाते उसके हाथ वहीं थे। एक से दूसरे पर थके हुए समूचे जिस्म का भार डालते उसके पाँव वहीं थे। सनक भरी फ़रमाइशों पर झूठ-मूठ मुस्कराते होंठ वहीं थे। डिब्बों पर वांछित रंग और नंबर खोजती आँखें वहीं थीं मगर औघड़ मन कहीं और रमा था। वह कभी प्लेटफॉर्म पर, कभी लोकल में और कभी सपने की उस लंबी अकेली सड़क पर भटक रहा था।

सात बजते ही उसने कातर स्वर में कहा, "दद्दा, एबार आमी जेते दाओ।"

किंतु दिवाकर सेठ अपने फ़रमान पर दृढ़ था। उसने उसकी दरख़्वास्त पर कोई तवज्जो न दी और उसे अनसुना करके जमा-घटा करते हुए घुटनों पर रखे रजिस्टर के नीचे बदस्तूर अपनी रानें खुजाता रहा। उस समय वह उसे अपनी प्रेम कहानी के खलनायक के बजाय किसी खुजलिहा कुत्ते की तरह जान पड़ा।

***

दुकान छोड़ते वक़्त उसका सारा जिस्म टूट रहा था। नखशिखांत एक स्तब्ध थकान। जैसे बुख़ार आने को हो। गठीले बदन का सारा करारापन ढुलमुला रहा था। उससे न मिल पाने की नाउम्मीदी ने मन को भी तोड़ दिया था। वह सुस्त क़दमों से चलती हुई स्टेशन पहुँची। मन में किसी के मिल जाने की ललक न थी। ट्रेन पकड़ लेने की कोई जल्दी न थी। छूट भी गई तो क्या, दूसरी मिलेगी।

इस समय काजल उसकी आँखों में कीचड़ की तरह पड़ा था। दिन भर बग़लों ने जो पसीना उगला था वह नीले ब्लाउज़ पर धब्बे बनकर बेतरतीब नक़्शों-सा उभर आया था। गर्दन पर टैल्कम पाउडर, गर्द और पसीने के मेल से धारियाँ बन गई थीं। बस ग़नीमत थी कि देबू को बुख़ार नहीं चढ़ा था। मगर वह बुरी तरह चिड़चिड़ा रहा था। ट्रेन छूटने में थोड़ी देर थी। खिड़की वाली जगह आसानी से मिल गई थी। देबू अपनी नन्ही उँगलियों से जूट के थैले पर टँकी सीपियों और कौड़ियों को उखाड़ लेने को मशक़्क़त कर रहा था। छत पर लगे पंखे की कोई पंखुड़ी टेढ़ी होकर शोर कर रही थी। खिटर खिटर। खिट्ट खिट्ट।

उसने खिड़की के सहारे सिर टिकाकर अपनी श्रांत आँखें मूँद लीं।

जाने कब आँख लग गईं। और जब खुलीं तो देबू ज़ोर से उसकी छाती पर अपनी उँगलियाँ और मुँह मार रहा था। ख़तरा भाँपकर वह घबरा गई। ट्रेन खचाखच भर चुकी थी। पंखा लगातार शोर कर रहा था। उसने अपनी चारों तरफ़ देखा। अचानक आँखों में बिजली-सी कौंध गई। वह उससे दो हाथ के फ़ासले पर पीठ किए खड़ा था जिसके बारे में उसका ख़्याल था कि

वह उसका प्रेमी है। जिसकी आवाज़ सपने में उसे रोज़ पुकारती है। ख़ुशी के अतिरेक से उसकी देह काँप गई। वह उसके इतने क़रीब था कि वह हाथ बढ़ाकर उसे छू सकती थी। उसका जी हुआ उसे छूकर पूछे, "कल से कहाँ थे?" देबू का रुदन और हमले तेज़ होने लगे थे। मगर अब उसे फ़िक्र क्यों हो। वह चट से सब संभाल लेगा। उसके लिए कुछ मुश्किल नहीं।

देबू ज़ोरों से चिंघाड़ने लगा था। इस समय रबड़ की चाभियाँ उसे बहलाने को नाकाफ़ी थीं। वह उसकी छातियाँ टकोर रहा था। वांछित चीज़ न मिलने पर उसने अपने बालों को मुट्ठी में जकड़ लिया था। रोते-रोते उसका बदन ऐंठने लगा था। मगर उद्धारक पीठ किए खड़ा था। उसे हुआ क्या है! ज़रूर ही वह नाराज़ है। कल उसे न पाकर वह उदास हो गया होगा। उसी का ग़ुस्सा दिखा रहा है। सोचकर उसे और अच्छा लगा। वह अविरल उसे ताक रही थी। बस एक बार आँखें मिलें तो वह आँखों-आँखों में सारे गिले-शिकवों की माफ़ी माँग ले। कि अब ये नाराज़गी छोड़ भी दो। ऐसी भूल फिर नहीं होगी।

देबू बेक़ाबू हो रहा था। अब रोते-रोते गोद से बाहर निकला जा रहा था। उसका चेहरा लाल पड़ गया था। क्या ये सब वह नहीं देख रहा है! उसकी हर एक हरकत को पकड़ लेने वाला उसका मसीहा इतना उदासीन क्यों है। कैसी गुत्थी है। उसे अपनी साँस भारी होने लगी। इतना ग़ुस्सैल! उसकी आँखें बरसने को हो आईं। बैरकपुर क़रीब ही था।

लोकल अपनी रफ़्तार कम कर रही थी। थोड़ी देर में वह उतर जाएगा। उसका जी हो रहा था वह उसे झिंझोड़ दे वह ऐसा क्यों कर रहा है। देबू का रुदन अब असहनीय था। उसका सारा सम्मोहन टूट गया। उसने देखा उसका प्रेमी अगली सीट पर बैठी एक लजीली-सी औरत को बड़े एहतियात से सहारा देकर भीड़ से निकाल रहा था। उसकी माँग में ढेर सारा सिंदूर था और हाथ में शंख-चूड़ा। वह पेट से थी। उसकी तरफ़ बिना किसी तवज्जो के वह यूँ उतर गया जैसे उसे जानता ही नहीं। उसका कलेजा धक्क रह गया। कुछ देर को उसकी देह-दिमाग़ सब कुंद हो गए। देबू बदहवास हो रहा था। उसकी साँस चढ़ने लगी थी। लोग उसे अजीब नज़रों से घूर रहे थे। अचानक उसने

देबू को कसकर अपनी गोद में भींच लिया। उसकी नसें सख़्त हो गईं उसने पल्लू फैलाकर एक पल में ब्लाउज़ के हुक खोल दिए। देबू नदीदा-सा छाती से चिपट गया। अब उसके लिए जैसे वहाँ कोई न था। उसे किसी की शर्म न थी। उसके कानों में कोई आवाज़ न थी। न पंखे की खिट्ट-खिट्ट, न भीड़ की किच-किच, न उसे पुकारती कोई आवाज़। बस दहाड़े मारता हुआ देबू था और वह थी। वह थी और देबू था। रबड़ की चाभियाँ मुट्ठी में फ़िज़ूल-सी पड़ी थीं। उसने खिड़की से बाहर हाथ निकाला और मुट्ठी खोल दी।

समंदर से लौटती नदी

कहते हैं, काले जादू की कोई काट नहीं। जो इसकी ज़द में आया समझो गया। और उस पर जादू अगर किसी जादूगरनी का हो तो किसी ढब निजात नहीं। मन किसी पगलाहट में मलंग हुआ फिरे। हम जहाँ हैं वहाँ हैं कि नहीं आठों पहर कुछ ऐसी नामालूम कैफ़ियत और बदहवासी कचोटती रहे।

इन दिनों यही कैफ़ियत सुकेश प्रधान के सारे वुजूद पर तारी थी। एक काला जादू उन्हें अलसुबह ही बालकनी में खींच लाता। वे अख़बार सामने पसारे मंत्रबिद्ध से खड़े रहते जबकि उनका मन कबूतर बन पाँचवें माले की खिड़की पर दाने चुगता। सम्मोहन की गिरफ़्त ऐसी कि छूटती ही न थी।

जादूगरनी लगभग रोज़ ही रियाज़ करती थी। उसकी आवाज़ में वही खनक थी जो प्रायः बंगाली लड़कियों की आवाज़ में हुआ करती है।

बालकनी की मुँडेर पर कुहनियाँ टिकाए सुकेश उसके सुरों के तिलिस्म में खोए ही थे कि रेणु ने गरम चाय का प्याला उनकी बाँह से सटा दिया। वे चौंक पड़े थे।

"कितनी सधी हुई आवाज़ है। जी होता है बस सुनते जाओ।"

रेणु हँसी, "ब्लैक मैजिक, लगता है चल गया तुम पर भी।"

"मुझ पर भी मतलब?"

"तुम जैसे जाने और कितने होंगे!"

"अच्छा! तुम्हें कैसे पता?"

उन्हें इस चुहल में कदाचित् मज़ा आ रहा था।

"वो चीज़ ही ऐसी है।"

"हाँ सचमुच। मगर चीज़ तो न कहो।"

उन्होंने सीने पर बाईं ओर हाथ मारकर एक नाटकीय आह भरी और ज़ोर से हँस पड़े।

रेणु ने पौधों को पानी देते हुए मुँह बिचकाकर ढेर-सी बूँदें उन पर उछाल दीं और झूठ-मूठ की चिढ़न से कहा,

"बेकार है। वो भला तुम्हें घास डालेगी?"

"मत डालने दो। वैसे भी, मुझे घास नहीं माँस पसंद है।"

उन्होंने उसे क़रीब खींचकर उसकी अनावृत पीठ पर शरारत से अपने दाँत गड़ा दिए। झेंपी-सी रेणु ने ढलक आए पल्लू को सँभालते हुए इधर-उधर झाँका और नकली धिक्कार भेजी।

"कुछ श-र-म करो। चालीस पार हो।"

और उनकी बाँहों के घेरे से मुक्त होकर वह उबलते दूध के निमित्त रसोई में दौड़ गई।

सुकेश हँसते हुए वहीं से चिल्लाए,

"चालीस पार हूँ तो क्या, दिल पर कभी झुर्रियाँ नहीं पड़तीं और उम्र के साथ शर्म बढ़ती नऽहीं, घटती है। सऽमऽझी!"

रेणु एक सुघड़ पत्नी थी। उनके बच्चों की स्नेही माँ। समर्पित और संतुष्ट। किंतु सुकेश, उनकी बात और थी। वे आख़िर कलाकार थे। अक्सर अधीर या गंभीर, संजीदा या रंजीदा। उनके मर्म को जाने क्या-क्या छूता था और उनकी संवेदना कुछ नया पकड़ लेने को हमेशा चौकन्नी रहती थी। इस दुनिया से बिलकुल ही अलहदा उनकी एक और दुनिया थी। उनके रंग, एज़ल और कैनवास। जो उन्हें औरों से पृथक करते थे और शायद यही वो अवयव थे जो असल में उन्हें औरों से जोड़े भी रखते थे।

मगर यहाँ बात रेणु या सुकेश की नहीं एक काले जादू की है। और जादूगरनी उनके ठीक नीचे पाँचवें माले पर रहती थी। जो महज़ महीना भर

पहले ही अचानक उनकी दुनिया में दाख़िल हुई थी।

वह जून के आख़िरी सप्ताह की कोई अलस दोपहर थी। साहित्य कला परिषद की लंबी आर्ट गैलरी में बड़ी नफ़ासत से सजा था उनका 'सेवेंथ हैवन'। एग्ज़ीबिशन का आख़िरी दिन था। उस ऊँघती दोपहर में बाईस-चौबीस की वह युवती बड़ी गहराई से उनकी कला के मंतव्य को टटोल रही थी। उन्हें अचरज हुआ था, इस उम्र की लड़कियाँ कला-दीर्घाओं में कम ही नज़र आती हैं।

वह आकर्षक थी। बल्कि बेहद आकर्षक। चुस्त जींस, चिपका हुआ टॉप और कंधे पर लापरवाही से झूलता स्नेक लैदर का झोलानुमा बैग। अपनी रुचि और चयन की इस तंग पोशाक में उसकी देह के कटाव और अधिक मुखर हो उठे थे। उसके बाल कमर तक थे। सीधे और स्निग्ध, जिन्हें बीच-बीच में वह व्यस्त भाव से जूड़े की शक्ल में लपेट लेती थी। उसकी गहरी काली आँखें भीड़ भरे गलियारे में घूम-फिरकर उनकी आँखों से टकराई और उसने एक बेहद मोहक मुस्कान उनकी तरफ़ उछाल दी। जिसे तत्परता से लपककर वे उसके पास जा खड़े हुए थे। ठीक वहाँ, जहाँ दीवार पर एक उभरे पेट वाली जर्जर औरत की तस्वीर थी। तीन फटेहाल लड़कियों को लिए बूढ़े पीपल पर धागे बाँधकर मन्नत माँगती एक अधेड़ औरत।

उस आकर्षक लड़की ने टिप्प से उसी तस्वीर पर अपनी अंगुली रख दी।

"यहाँ क्या दिखाई देता है?" उसकी आँखों में उलझन थी। "औरत होने की गरिमा या पश्चाताप?"

"यहाँ सिर्फ़ उम्मीद है।" वे सरलता से मुस्कराए। "मेरे स्वर्ग की पहली सीढ़ी।"

"अच्छाऽ!" वह हँस पड़ी। उसने तपाक् से कहा, "वाक़ई बड़ा ही सुंदर है आपका स्वर्ग।"

फिर समूचे गलियारे पर एक सरसरी नज़र डाल बड़ी शोख़ी से कंधे उचकाकर वह फुसफुसाई।

"मगर, यहाँ बस औरतें ही रहती हैं?"

इस शोख़ तंज़ को उन्होंने तुरंत ही पकड़ लिया।

"औरतों के बिना कहीं कोई स्वर्ग होता होगा?"

वे उसकी आँखों में झाँककर मुस्कराने लगे तो उसकी बेजोड़ बादामी आँखें कुछ और गहरी हो गईं। उसकी आँखों में उनके लिए सम्मान और आभार था। वह उनके आभामंडल के घेरे में थी।

"आप कलाकार हम औरतों को कितना ख़ास बना देते हैं!"

"शायद। लेकिन आप सचमुच ख़ास हैं।"

"शुक्रिया।" उसने शरमाकर थोड़ी नज़ाकत से कहा। उसके चेहरे पर सुर्ख़ी दौड़ गई।

वह ख़ुश लग रही थी। फिर कला पर चर्चा करते हुए वे साथ-साथ गैलरी में टहलते रहे। यूँ इस चर्चा का कोई औचित्य नहीं था। उसे कला की ज़्यादा समझ नहीं थी। लेकिन उसका रुझान ग़ौरतलब था। एक औपचारिक मुलाक़ात आत्मीय होने ही लगी थी कि चंद पत्रकारों ने उन्हें घेर लिया। वह किनारे खड़ी कुछ देर चुपचाप उन्हें देखती रही और अंततः विजिटर्स डायरी पर झुक गई।

मोती जैसे साफ़-सुंदर चार शब्द

"मोर दैन एन आर्टिस्ट।" -शैफ़ाली

***

शैफ़ाली मजूमदार।

बक़ौल रेणु 'ब्लैक मैजिक'।

उसे लेकर वह हमेशा संदेहों की गठरी बाँधे रखती थी कि क्यों वह आधी रात तक ग़ायब रहती है। क्यों तमाम रात उसकी बत्तियाँ जला करती हैं। क्यों कभी उसका अख़बार दोपहर तक दहलीज़ पर धूल फाँकता है। क्यों कभी मुँह अँधेरे ही वह सुर छेड़ देती है और क्यों घंटी बजा-बजाकर परेशान दूधिया और कांताबाई बड़बड़ाते लौट जाते हैं।

"बड़ी अजीब है। जाने क्या करती है?" रेणु के शब्दों में उसके लिए जिज्ञासा की तीक्ष्ण गंध होती।

जल्द ही बग़ल से गुज़रते हुए एक गूढ़ मुस्कान के साथ एक रोज़ उसने

यह भेद भी खोल दिया। यह बात अलग थी कि इस ख़ुलासे के साथ भेद और गहरा गया था। उलझाना शायद उसका मनपसंद शग़ल था।

"आप बस्स यूँ समझिए कि मैं ख़्वाब बेचती हूँ।"

सिर्फ़ इतना कहकर उन्हें एलीवेटर तक छोड़ वह चट-पट सीढ़ियाँ चढ़ गई थी। और सुकेश उसकी देह की चपलता को ताकते रह गए थे। हालाँकि, बाद में उसने बताया था कि वह एक विज्ञापन एजेंसी के लिए एड जिंगल गाने और स्लोगन लिखने का काम करती है।

***

पाँचवें माले का यह फ़्लैट, वास्तव में रिटायर्ड कर्नल मजूमदार का था। उन्हें ये दिलवालों का शहर जाने क्यों रास न आया। सो, साल दो साल में ही मजूमदार दंपति कोलकाता वापस लौट गए और फिर उनके लिए दिल्ली दूर हो गई।

चाहे जो हुआ हो वीरान पड़ा पाँचवाँ माला एकाएक गुलज़ार हो उठा था और बेहद अप्रत्याशित ढंग से एक रोज़ छठा माला भी।

एक शाम श्रांत-क्लांत सुकेश घर लौटे तो दंग रह गए। कमरे की कोई चीज़ अपनी जगह पर न थी। तकिए गाव तकिए और कुशन यहाँ-वहाँ बिखरे पड़े थे। शैफ़ाली घर भर में हिरनी-सी दौड़ती फिर रही थी। पीछे-पीछे नन्हे शावक से उसे पकड़ने को उतावले तरू और देव। सोफ़े पर बैठी रेणु हँसते-हँसते दोहरी हुई जा रही थी। वे भौचक खड़े रह गए। इतने में शैफ़ाली ने एक छलांग भरी और देव को दबोच लिया।

"आऽऽ ये प-क-ड़ लिया। अब भागो, कहाँ भागोगे।"

देव की मासूम खिलखिलाहटों से घर झूम रहा था। उन्हें देखकर शैफ़ाली ठिठककर सकुचाई-सी एक तरफ़ को खड़ी हो गई। उसकी बेतरतीब साँसों के साथ गतिमान सीने के उतार-चढ़ाव और पसीने से लथपथ चेहरे को वे देखते रह गए। शैफ़ाली आँखें झुकाए पहले तो कुछ देर पाँव के अँगूठे से फ़र्श कुरेदती रही जैसे कि उसे सूझ न रहा हो कि वह क्या करे। फिर एक-एक चीज़ को जगह पर रखने लगी।

"देखिए तो कर्नल साहब की फ़ॉर्मेलिटी!"

रेणु ने मेज़ की तरफ इशारा करके शिकवा-सा किया और एक काग़ज़ का पुर्ज़ा उन्हें थमा दिया। मेज़ पर कई तरह के सामानों का ढेर लगा था। नीली-गुलाबी ताँत की साड़ी। हल्के रंग के बंगाली क़ुर्ते। संदेस के डिब्बे। मजूमदार ने दो पंक्तियों की चिट्ठी में शैफ़ाली का ध्यान रखने का आग्रह किया था कि इस अनजान शहर में उसका अपना कोई नहीं।

मोती जैसे साफ़ सुंदर शब्द। वे चौंक गए। ये लिखावट मजूमदार साहब की हरगिज़ नहीं थी। ये जाने कैसा संकेत था! शैफ़ाली ये सब क्यों कर रही थी!

"अच्छा मैं जाती हूँ। आप लोग आइएगा।"

उन्हें कशमकश में छोड़ वह लौट गई। वे दरवाज़े को देखते रहे जिससे होकर वह गई थी।

"अच्छी लड़की है, नहीं?" बड़ी उदारता से रेणु ने अपनी राय बदल दी थी और अब उस पर उनकी रज़ामंदी की मुहर चाह रही थी। वे मुस्कराकर रह गए। रेणु साड़ी का पल्लू छाती पर फैलाकर ख़ुद पर रीझ रही थी।

"ये मुझ पर कैसी लग रही है?" वे अन्यमनस्क से, "तुम पर सब जँचता है" दो टूक दायित्व निभाकर चाय के साथ घूँट-घूँट शैफ़ाली की उपस्थिति के रोमांच को पी रहे थे मानो वह अभी तक वहीं हो। दौड़ती, खिलखिलाती, सकुचाती और उन्हें लगातार घूरती हुई एक जादुई लड़की।

***

जादू सिर चढ़ रहा था। सुकेश बदल रहे थे। सामान्यत: देर तक सोने वाले सुकेश अपनी सुबह बालकनी में गुज़ारने लगे थे। बेमतलब ही सीढ़ियाँ चढ़ने-उतरने लगे थे। एलीवेटर उन्हें एकदम ही फ़ालतू की चीज़ लगने लगी थी। उनकी नज़र चोर हो गई थी। कुछ नहीं तो उससे रूबरू होने को अख़बार का ही बहाना सही।

उसका घर भी उसकी तरह ही मायावी-सा था। पुराने क़ायदे के फ़र्नीचर और एंटीक से सजा हुआ। ड्रॉइंगरूम के सामने की दीवार का एक बड़ा

हिस्सा म्यूरल आर्ट ने घेर रखा था। अगरु की महक से हर कोना सराबोर था। वह शायद संध्या-वंदन करके उठी थी। कई बार उसके साथ उसकी उम्र की एक लड़की हुआ करती थी। मगर उस समय वह नहीं थी।

सुकेश ने इधर-उधर झाँककर पूछा,

"तुम यहाँ अकेली रहती हो न?"

"नहीं तो।"

हैरान करना उसकी आदत थी और उसकी अदाओं पर हैरान हो जाना उनकी आदत।

"आप जो चौबीसों घंटे साथ रहते हैं।"

ऐसी चुहल करते हुए अक्सर हँसी उसके होंठों से उठकर आँखों तक फैल जाती थी।

"देखिए ना।"

उसने मिनट भर में पिछले महीने भर के अख़बारों की कतरने मेज़ पर बिछा दी थीं। वे उसके आभारी हो उठे। ऐसा चाव रेणु को भी है भला!

"आप चाय लेंगे या कुछ और?" उसने हँसकर दीवार घड़ी पर नज़र डालकर कहा, "आपका वक़्त हो गया है। वैसे रोज़ पीना अच्छा नहीं।"

वे फिर हैरान हुए थे कि वह उनके रोज़ पीने की बात कैसे जानती है!

चाय का प्याला थामते समय उसकी उँगलियों से छू जाने की नाजायज़ सिहरन से वे देर तक थरथराते रहे थे।

उस रात एक विचित्र ऊर्जा ने उन्हें आंदोलित रखा। जैसे उनके भीतर टेस्टोस्टेरॉन का स्तर एकाएक ही बढ़ गया हो। रात गुज़रने को न आती थी। तमाम रात वे करवटें बदलते रहे। छाती पर औंधी पड़ी रही खुशवंत सिंह की 'औरतें' और सामने इतराती रही शैफ़ाली।

"मैं ख़्वाब बेचती हूँ।"

उन्हें लगा कि वह सचमुच ही कोई जादू जानती है।

***

शैफ़ाली चंद दिनों में ही प्रधान परिवार का एक अभिन्न अंग बन गई थी।

अपरिहार्य और अनिवार्य। उसके होने से रेणु को बड़ी सहूलियत हो गई थी।

"तरू का होमवर्क मैं करा दूँगी" या "आप बैठिए, आज चाय मैं बनाती हूँ।" तरू और देव के लिए तो वह 'स्नो व्हाइट' या 'रेपुंज़ेल' जैसी परी कथाओं की कोई नायिका थी। उसका बैग था या किसी जादूगरनी का पिटारा! उसमें उनके आकर्षण की ढेरों चीज़ें रहा करती थीं। टॉफ़ियाँ, चॉकलेट, ग़ुब्बारे, सीटियाँ, सुपरमैन के स्टिकर और जाने कितना कुछ। देव को जो खाना खिलाने को रेणु घंटों झींकती थी उसे वह जाने क्या-क्या क़िस्से कहकर मिनटों में खिला देती थी।

कई बार वे घर में दाख़िल होते और दरवाज़ा खोलती शैफ़ाली। उसकी आमद उन्हें अजीब-सा सुक़ून देती। रसोई में रेणु खाना बनाती होती और परोसती थी शैफ़ाली। वह भी इस अदा से कि गोया खाना नहीं एक भूख परोस रही हो। कितना भी खाएँ तो भी भूखे ही रहें।

उनके जैसे हर एक मर्द की ज़िंदगी में शैफ़ालियाँ हादसों की तरह आती हैं जैसे कोई ज़लज़ला या सुनामी। और सिरे से सब कुछ उथल-पुथल कर जाती हैं। अपने पीछे छोड़ जाती हैं तबाही और पछतावे।

***

किचन से बेडरूम तक उनके घर में बेधड़क विचरण किया करती थी वह दिलकश जादूगरनी। उसके कोई दायरे न थे। उस पर किसी को कोई आपत्ति न थी। वह उनकी निजी दराज से निकालकर उनके परफ़्यूम को ख़ुद पर ढेर-सा छिड़क लेती। फिर उसकी ख़ुशबू को अपने नथुनों से पकड़कर भीतर खींच ले जाती और होंठों को सिकोड़कर कहती,

"पॉ-य-ज़-न। अब आप सारा दिन आस-पास रहेंगे।"

वे बस उसकी बातों पर हल्का-सा मुस्कराते भर। कितनी नादान है शैफ़ाली! उसे महसूस करने के लिए उन्हें किसी नक़ली वजह की ज़रूरत नहीं। वे आँखें मूँदकर जब चाहे उसे अपने आग़ोश में समेट लेते हैं।

शैफ़ाली बिंदास उनके रंगों और कूँचियों से छेड़छाड़ करती थी। उनके इस निजी कक्ष में किसी बाहरी को आने की मनाही थी, मगर वह बिंदास

भीतर घुसती और कूँचियाँ हाथ में लेकर उनके गले पड़ जाती।

"ये हुनर मुझे भी सिखाइए।"

वे हँसकर कहते, "ज़रूर सिखा दूँगा। मगर मेरी फ़ीस?"

"कहकर तो देखिए।" वह एक अजीब बौराएपन से उन्हें जकड़ लेती, "ये पूरी की पूरी शैफ़ाली आपकी।"

ऐसा स्पष्ट इज़हार! पता नहीं ये अभद्र दुस्साहसी लड़की उन्हें इतनी अच्छी क्यों लगती है। हमेशा मर्यादाओं में रहने वाले सुकेश अपनी इस कमज़ोरी पर हैरत करते। वे कोशिश किया करते थे कि शैफ़ाली से अकेले में सामना न हो।

शैफ़ाली वक़्त-बेवक़्त बेखटके यूनिवर्सिटी चली आती थी। स्टाफ़ रूम में उसका यूँ चले आना उन्हें बेचैन करता था। वह इस बात को जानती थी।

"तुम यहाँ क्यों चली आईं?"

"आप मेरे साथ अनईज़ी फ़ील करते हैं न?

अपनी सामर्थ्य को बटोरकर और स्नायुओं को तानकर उन्होंने बड़ी कठिनता से कहा, "हाँ।"

"क्यों?"

"क्योंकि तुम मुझसे बहुत छोटी हो।"

"अच्छा तो आपको मेरी उम्र पर ऐतराज़ है!"

उन्हें समझ न आया कि क्या कहें कि शैफ़ाली कोई सवाल न करे।

वह निहायत ही गंभीरता से बोली, "आपको इस पर ऐतराज़ नहीं, घमंड करना चाहिए। वैसे भी उम्र कोई मसला नहीं। मैं सब जानती हूँ जितना आपकी उम्र की कोई औरत जानती है।"

वे पिघलने लगे थे।

"क्या जानती हो?"

"यही कि आपको क्या चाहिए।"

"क्या चाहिए मुझे। यह तो मैं ही नहीं जानता।" उनकी आवाज़ दरकने लगी थी।

"आपको शैफ़ाली चाहिए।"

उस समय विचलित हो उठे थे सुकेश। उनकी ज़रूरत को कोई दूसरा इतने दावे से बयाँ कर रहा है।

''और शैफ़ाली को क्या चाहिए?'' उन्होंने कहा।

''प्यार को प्यार ही चाहिए होता है।''

सचमुच उन्हें शैफ़ाली चाहिए थी। उनके कैनवास को, उनके कलाकार मन को, उनके अंदर के चिर अतृप्त पुरुष को।

और कमोबेश शैफ़ाली का भी तो यही हाल था। उसके भीतर कहीं गहरे बैठ चुके थे सुकेश। क्या करती शैफ़ाली? वे थे ही ऐसे। छह फुट लंबे। गोरे-चिट्टे। ठुड्डी पर गड्ढा और उनका बड़ा-सा आभा मंडल। वे एक बुलंद रुतबा रखते थे। कला जगत में उनकी धूम थी। हज़ारों मुरीद थे। अख़बार, टी.वी. और पत्रिकाएँ उन्हें ख़ूब पहचानते थे। अपनी कूँची और रंगों से किसी को भी जीवंत कर देने का माद्दा रखते थे सुकेश।

किंतु कोई भय उन्हें शैफ़ाली को अपने कैनवास पर उकेरने से रोकता था। कभी-कभी हद जो कर देती थी वह पागल लड़की। उन्हें घूरती तो बस घूरती ही जाती। रेणु के सामने ही देव पर ताबड़तोड़ चुंबनों की झड़ी लगा देती, ''कितना क्यूट है। बिलकुल आप पर गया है।''

और उसे यूँ कसकर जकड़ती कि वह कसमसाने लगता। बड़ी कुशलता से कभी उनका टूथब्रश कभी रूमाल जेब में सरकाकर चलती बनती। इस पागलपन से डरने लगे थे सुकेश कि कहीं उसकी मंशाओं को रेणु भाँप गई तो!

''तो क्या! कह देना आप मुझसे प्यार करते हैं!'' वो ढीठता से उन पर झुक आई थी।

''पागल हुई हो?'' वे झुँझला गए थे।

क्षण भर को उसका चेहरा मलिन हो उठा।

''क्यों, नहीं करते?''

उनके अंदर बहुत सारा कुछ एक साथ टूट गया था। कैसे कहें उसे कि वे उसके साथ चल तो सकते हैं पर कहीं पहुँच नहीं सकते। तरू उसे दी कहती थी, वे सिकुड़ जाते थे। किंतु शैफ़ाली किस मिट्टी से बनी थी! वह किसी वर्जना को नहीं मानती थी।

उसके जन्मदिन पर बुद्धा गार्डन के झुरमुटों में एक नयी शैफ़ाली से मिले थे सुकेश। जींस-टॉप और सलवार-क़मीज़ वाली शैफ़ाली से बिलकुल जुदा। शिफ़ॉन की नीली साड़ी के फिसलते पल्लू को संभालती सिमटी-सी शैफ़ाली चुपचाप अपने बेहतरीन सँवरे हुए नाख़ूनों से नेलपॉलिश खुरचती रही। जैसे इस लिबास ने उसके व्यक्तित्व को ही नहीं किरदार को भी बदल दिया हो। अपने जन्मदिन पर अपने मन का तोहफ़ा पाकर वह उत्साहित थी।

उनकी बनाई अपनी तस्वीर में उलझती हुई वह पूछ रही थी, ''इसमें मैं कहाँ हूँ?''

शुष्क रेगिस्तान में झल-झल बहती एक नदी।

''यही तो हो तुम।'' उन्होंने कहा।

''ये मैं हूँ?'' अभिभूत हो उठी थी शैफ़ाली। इसलिए तो चाहिए उसे यह सिरफिरा आदमी। इसलिए तो पगलाई रहती है वह कि उन जैसा कोई है ही नहीं। उनकी तरह किसी ने उसकी आत्मा को नहीं छुआ। उसे जाने क्या हुआ घुटनों के बल बैठकर उनके होंठों पर दो अंगारे से टिका दिए उसने।

''तब तो आप समंदर हैं।''

मुलाक़ातों के सिलसिले चलते रहे। अपने समंदर से नदी मिलती रही। लेकिन कब तक? छिपकर प्रेम करने वाले सुकेशों पर सौइयों संकट हैं।

अचानक एक शाम डाइनिंग टेबल पर विस्फोट हुआ।

''छिह! ज़रा शर्म न की। तुमसे आधी उम्र की है वो।''

अख़बार सामने पटककर आँखों से आँसू और ज़बान से जहर उगलती रही रेणु।

''बदनाम तुम हुए उसका तो नाम हुआ है।''

अख़बार में छपी उनकी और शैफ़ाली की घनिष्ठता की तस्वीरें उनके नाम का मखौल उड़ा रही थी। दांपत्य में एक शीत युद्ध-सा छिड़ गया। उनके बीच बिना संवाद के चूर-चूर हुए इस रिश्ते में कुछ भी न बचा हो जैसे। कितने ही दिन वे थाली में चुप्पी और आक्रोश निगलते रहे। ख़ुद से ही कुंठित और नाराज़ से थे सुकेश। किसी एक के लिए सारी दुनिया को दाँव

पर लगा सकें इतने ख़ुदग़र्ज़ कैसे हो सकते हैं वे! अपनी सारी कुंठा और रोष के बावजूद सुकेश जानते थे कि रेणु सही है।

उन्होंने शैफ़ाली के विरुद्ध नहीं अपितु अपने ही विरुद्ध एक अहम फ़ैसला लिया।

"हम और नहीं मिलेंगे।"

"कब तक?" शैफ़ाली निर्लज्जता से हँस दी। "आपको क्या लगा हमारा स्वागत होगा?"

वे चुप रहे।

"आप अपने को बहुत कम महत्व देते हैं। जब हम अपनी निजता को स्वीकारते हैं तब फ़ैसले समझदारी से होते हैं।"

उनके समग्र वुजूद को चुनौती देकर दनदनाती चली गई एक अदना लड़की।

वे जितना दृढ़ होते थे उसे निकाल फेंकने को वह उतनी ही और घुलती रही उनमें।

शैफ़ाली उनके लिए प्यास भी थी और नदी भी, सुकून भी और बेचैनी भी, कारण भी और निवारण भी।

लेकिन अब अपनी किसी बेज़ा हरकत से एक महान कलाकार के साथ खिलवाड़ नहीं कर सकते थे सुकेश।

उधर शैफ़ाली भी अड़ी थी।

"आप रह सकते हैं मेरे बग़ैर तो क्या मैं नहीं?"

शनैः-शनैः गाड़ी पटरी पर लौट रही थी। रेणु मुतमइन होने लगी थी। उनके दरमियान का ग्लेशियर पिघलने लगा था। लेकिन वे नहीं जानते थे कि यह जादूगरनी का मायाजाल है। जितना सहज है उसमें प्रविष्ट होना उतना ही दुष्कर है उससे बाहर निकलना।

***

रेणु के बाउजी की छाती का दर्द अचानक ही उखड़ गया था। सुबकती हुई वह आनन-फानन सूटकेस में सामान ठूँस रही थी साथ ही हिदायतों की

फ़ेहरिस्त भी थमाए जा रही थी।

"तरू के स्कूल में एप्लीकेशन भेज देना। पौधों को पानी दो दिन में... सर्दी से बचना। रोज़ मत पीना। सिगरेट बिलकुल नहीं। बस हफ़्ते भर की बात है। बाउजी के ठीक होते ही लौट आऊँगी।"

अब ख़ाली घर। ख़ाली दिमाग़। और ब्लैक मैजिक।

कैसे बचते सुकेश!

दोस्त की नई किताब के जश्न में उन्होंने जमकर पी थी। बमुश्किल खड़े हो पा रहे थे। बहुत दिन के बाद घर पहुँचने को फिर सीढ़ियाँ चुनी थी। पाँचवें माले पर सन्नाटा और अँधेरा पसरा हुआ था। किस हाल होगी शैफ़ाली?

अंधेरे में दरवाज़े से सटी एक परछाईं ज़रा-सी हिली और मोटे पर्दे के पीछे लोप हो गई। तो अब उन्हें यूँ छिप-छिपकर देखा करती है। प्यार ऐसा जघन्य अपराध तो नहीं। ठिठककर कुछ देर उसके दरवाज़े पर खड़े रहे सुकेश फिर लड़खड़ाकर आगे बढ़े और लहराकर धड़ाम से गिर पड़े। शैफ़ाली की घुटी हुई-सी चीख़ उनके कानों से टकराई। कितने ही मकानों की बत्तियाँ एक साथ जल उठीं।

न जाने किस वक़्त आँख खुली थी। दिमाग़ चकरघिन्नी की मानिंद नाच रहा था। बुख़ार से लस्त आँखें और बुरी तरह सूखा हुआ गला। मिचमिची आँखों से उन्होंने टटोलकर देखा। दाईं ओर मेज़ पर चश्मा, घड़ी, डनहिल की ख़ाली डिब्बी, ऐश ट्रे, गिलास।

और, और बाईं तरफ़ उनके बिस्तर पर बिलकुल निर्वस्त्र निशंक सोती हुई शैफ़ाली।

क्रमशः उन्हें सब याद आता गया। वर्मा की पार्टी में बेहिसाब पीना। किसी परिचित का शैफ़ाली और उनके रिश्ते पर किया गया तंज़। गाली-गलौज़। मारपीट। रेड लाइट पर पुलिसिए से हुई झड़प। वह भला आदमी जिसने स्कूटर रोककर कहा था,

"जाने दीजिए साहब, मैं जानता हूँ... शरीफ़ आदमी हैं।" फिर शैफ़ाली

के दरवाज़े पर लहराकर गिरना और पलंग के पास की हुई सड़ांध भरी उल्टी और फिर, फिर कुछ याद नहीं।

दो मन के लोथ को कैसे उनके बिस्तर तक ढोकर लाई होगी शैफ़ाली! किस तरह वो बदबूदार उल्टी साफ़ की होगी! जिससे वे ख़ुद भी घिन्ना जाएँ। कैसे उनके कपड़े बदले होंगे। कृतज्ञता से वे लबालब हो उठे। लहरों ने किनारे तोड़ दिए। भावावेश में पहलू में पड़ी निर्वस्त्र शैफ़ाली को बाँहों में भर जहाँ-तहाँ चूमते चले गए सुकेश। अमरबेल-सी उनसे लिपट गई शैफ़ाली।

रात भर अपने शयनकक्ष में एक नाजायज़ रिश्ते का अलाव तापते रहे सुकेश प्रधान। कोई जान गया तो! उनकी कुंद पड़ी चेतना सहसा लौट आई। अंदर बैठा इज़्ज़तदार, कुलीन कलाकार भयभीत हो उठा। ऐंठी हुई तमाम पेशियाँ एक पल में शिथिल पड़ गईं।

"तुम चली जाओ शैफ़ाली।"

उनकी आवाज़ में रिरियाहट-सी उतर आई। वह उनके अचानक बदले हुए इस किरदार के लिए उपस्थित नहीं थी।

"मैं नहीं जा सकती। आपको बुख़ार है।"

"प्लीज़ जाओ यहाँ से और फिर कभी मत आना।"

याचना की मुद्रा में दोनों हाथ जोड़कर चिल्ला से पड़े थे सुकेश। कैसे दयनीय लग रहे थे वे! स्तब्ध रह गई शैफ़ाली। यह कौन-सा रूप है उनका! बाहर से इतना मज़बूत दिखने वाला यह शख़्स असल में इतना कमज़ोर है।

"तो आप पछता रहे हैं। है ना?"

जी किया झिंझोड़ डाले उन्हें। वह इतनी तुच्छ नहीं कि उस रात का इस तरह पश्चताप करें। कातर कर देने वाली नज़रों से उन्हें देखती चली गई शैफ़ाली। जैसे कह रही हो,

"मैं घृणा करती हूँ आपसे।" उन आँखों का सामना करने की ताब कहाँ थी उनमें! शैफ़ाली चली गई थी।

***

मगर अब जादू अपने चरम पर था। कई दिनों से घर में गुनहनारों की तरह क़ैद थे सुकेश।

वे सीढ़ियाँ उतरते तो उन्हें लगता कि असंख्य आँखें उनकी पीठ पर चिपकी हुई हैं। सैकड़ों फुसफुसाहटें और क़हक़हे कानों में भिनभिना रहे हैं। उनके हाथ-पाँव काँपने लगते। वे बौरा गए थे जैसे। क्या करें कहाँ जाएँ? सिगरेट फूँकते-फूँकते उँगुलियाँ पीली पड़ चुकी थीं। पाँचवा माला उन्हें भुतहा लगता था। दूधवाला, कांताबाई सबको आने को मना कर दिया था। ख़ाली पड़े थे उनके शापित कैनवास और उनके रंग बदरंग हो गए थे। अजीब हालत थी उनकी! कभी शैफ़ाली को छू लेने का जुनून, कभी पश्चाताप। कभी लगता था किसी अचूक मंत्र से छिन्न-भिन्न कर दें उसके सारे सम्मोहन और तंत्र को। भस्म कर डालें उस जादूगरनी को और कभी इच्छा होती कि सरेआम उसका हाथ थामकर बस दौड़ते चले जाएँ वहाँ तक, जहाँ वे सुकेश प्रधान न हों। जहाँ उन्होंने अपने लिए कोई हद निश्चित न कर रखी हो।

उधर अपने ही तिलिस्म में जली जा रही थी शैफ़ाली। अपमान के संताप से खौलती। अपना आपा भूली हुई।

रेणु लौटी तो जैसे डूबते को सहारा मिल गया।

घर का हाल बेहाल था। गमलों में जूही, पिटूनिया सूख गए थे। रसोई में जूठे बरतनों का ढेर लगा था। घर में जगह-जगह 'डनहिल' के फ़िल्टर पड़े थे। सूखी हुई ब्रेड, अंडों के छिलकों और शराब की बोतलों से डस्टबिन भरा पड़ा था।

और वे ख़ुद कैसे थे। बेतरतीब बाल। कई दिनों के सिलवटों भरे मैले कपड़े। बढ़ी हुई शेव। कितने रोज़ से जगी हुई आँखें और चेहरे पर पसरी हुई मनहूसियत।

"हुलिया देखा है अपना! हुआ क्या है! जंगली लग रहे हो। मैं न रहूँ तो तुम बस्स ...। जाने कब सलीक़ा सीखोगे?"

लाड़ भरे बनावटी ग़ुस्से से रेणु देर तक डपटती रही उन्हें।

यही सुरक्षा चक्र तो है जो किसी भी काले जादू से बचाता है उन्हें। नन्हे

बच्चे की तरह रेणु की गोद में दुबक गए सुकेश।

"तुम कभी कहीं मत जाना।"

***

देर रात तरू ने कहा था, "दी कोलकाता जा रही है।"

स्टेशन की खचाखच भीड़ से जूझकर वे किसी तरह उस तक पहुँच सके थे। उस रात के बाद अब देखा था उसे। उ.फ़.फ़! कैसी लग रही थी शै.फ़ाली। छटपटा उठे सुकेश। सूखे पपड़ाए होंठ। निस्तेज पीला चेहरा और आँखों के नीचे उतर आई गहरी स्याही। कुछ ही दिनों में यह क्या से क्या हो गई थी शै.फ़ाली। किस गुनाह के बदले यह रौरव झेल रही थी वह अचूक जादूगरनी।

"आप क्यों यहाँ चले आए?"

"जा रही हो?" उनके गले में किरकिरा-सा कुछ रुँध गया।

"हाँ। आपको यूँ डरा-सहमा नहीं देख सकती।"

वे अपराधी से खड़े थे।

"इस रिश्ते में तुम्हारे हिस्से कुछ नहीं आएगा।"

"ये आपसे किसने कहा?" उस कंठ स्वर में गहरा क्षोभ था या तिक्तता थी शायद।

"मेरी .फ़िक्र मत कीजिए। अपना हिस्सा मैं ले चुकी हूँ।"

फिर लगा वह रो पड़ेगी उसने चेहरा घुमा लिया।

दिल्ली-सियालदह राजधानी र.फ़्तार पकड़ चुकी थी।

समंदर से नदी लौटी जा रही थी।

काश! वे सुकेश प्रधान नहीं होते तो द्रुत गति से दौड़ जाते उसके पीछे।

कितनी ही देर वे .ख़्वाहम.ख़्वाह खड़े रहे।

लाचार। अतृप्त। हताश।

लेकिन एक बात थी आज उन्हें कोई भय न था कि वे पहचान लिए जाएँगे।

एक उदास शाम के अंत में

यह मेरी बाक़ी उदास शामों की तरह ही एक शाम है।

डूबते सूरज की पीली मरियल धूप बदरंग परदों से छनकर कमरे में पसर गई है। धूप और ग़र्द खा गए परदों का सही रंग अब समझ नहीं आता लेकिन कुछ साल पहले ये हरे थे। शाहबलूत की नई पत्तियों-से चमकदार हरे। ये अलग बात है कि मेरे बाहरी सहन में खड़ा बलूत भी अब हरा नहीं। निपट नंगा एक ठूँठ है।

पुराने ढब की एक दीवार घड़ी के दो काँटों और पेंडुलम पर मेरा वक़्त घोंघे की चाल से रेंग रहा है। किसी तेज़ी से फैलते संक्रमण की तरह उदासी ने मेज़, कुर्सी, कुशन, दीवारों, तस्वीरों और छत तक को अपनी चपेट में ले लिया है। कमरे की तमाम चीज़ें मानो घुटनों में सिर दिए उदास पड़ी-पड़ी सो गई हैं। मेरे सामने एक टेबल कैलेंडर दिसंबर के महीने में सितंबर पर ठहरा है। मैं रोज़ देखता हूँ। गुज़रे सितंबर को सिरे से खींचकर दिसंबर में ले आना चाहता हूँ और पता नहीं क्यों रोज़ ही उसे खींच लाने के बजाय उसी में कूद पड़ता हूँ।

मैंने दर्द से कराहते आज की शाम के अपने आख़िरी मरीज़ को निबटाया और मैले फाहों से भरे डस्टबिन को पाँव के एक नामालूम धक्के से मेज़ के तले सरका दिया। इस अधेड़ आदमी का दाहिना तलुवा और उँगलियाँ गैंग्रीन

के कारण गल गए हैं। उसका पाँव अब सड़े हुए गोश्त का एक लोथड़ा भर है।

अपने हाथों पर ढेर-सा रबिंग अल्कोहल मसलते हुए मैंने सोचा, क्यों नहीं यह आदमी इस गिजगिजाते हिस्से को ख़ुद से अलग कर देता कि इसका मोह एक दिन इसे लील जाएगा।

कुछ चीज़ों का होना तकलीफ़देह है। न होना और भी तकलीफ़देह।

मैंने उसके ज़र्द चेहरे को देखा जहाँ दर्द एक स्थाई घर बना चुका है। लाठी के सहारे अपने नकारा पाँव को घसीटता हुआ वह बाहर निकल गया।

रोज़ मैं ऐसे ही ज़र्द चेहरों से घिरा रहता हूँ। ज़र्द चेहरों पर जड़ी ज़र्द आँखें मेरे नुस्ख़ों और इलाज में शिफ़ा ढूँढ़ती हैं। ऐसे समय मैं कोई फ़रिश्ता होकर उनकी असाध्य पीड़ा को छूमंतर कर देना चाहता हूँ।

बेढब से उजाड़ कॉटेज में अब बस दो लोग हैं। धरमसिंह बिखरे हुए टूल्स समेट रहा है। मेरी उँगलियाँ सर्दी से सुन्न हो रही हैं। गले में फंदे की तरह पड़े स्टेथोस्कोप को मेज़ पर छोड़ मैं भीतर के कमरे में आ गया। यहाँ बाहर के बनिस्बत गरमाई है। फ़ायर प्लेस में लकड़ियाँ सुलग रही हैं। मैं दहकते अंगारों पर उलट-पलटकर हाथ सेंकने लगा, फिर लंबे हत्थों और ऊँची पुश्त वाली रॉकिंग चेयर में धँस गया। इसकी उम्र हो चली है। झूलने पर अब इसके जोड़ चरमराने लगते हैं।

कल याद से माँ को फ़ोन कर लूँगा।

एक ख़्याल रेल की तरह धड़ल्ले से गुज़र गया।

धरमसिंह पीने का सामान जुटा रहा है। एक बड़ी ट्रे में दो गिलास, 'मालिबु' रम का हाफ़, उबले अंडे और हरा सलाद। शनिवार की शाम मैं ख़ूब पीता हूँ जबकि मेरा कोई इतवार नहीं। यूँ भी बर्फ़बारी के चलते अस्पताल में बीमारों की बड़ी तादाद है। कई सैलानियों के छोटे बच्चे हाइपोथर्मिया की चपेट में हैं।

दो दिनों से बिजली खेल खेल रही है।

धरमसिंह अपना गिलास थामे यहाँ-वहाँ मोमबत्ती और दियासलाई ढूँढ़ रहा है। सर्दी का तकाज़ा है रात भर के लिए फ़ायर प्लेस में उसे और

लकड़ियाँ डालनी होंगी।

क्या हो अगर धरमसिंह भी न हो।

गले को चीरती रम अंदर उतरकर जिस्म में हरारत ला रही है। दो पेग बाद मैं गर्म हवा से भरे ग़ुब्बारे की तरह हल्का होने लगा हूँ। शून्य तापमान की इस प्रचंड सर्दी में राहत को या तो रम चाहिए या फिर...

सहसा मेरी सबसे बड़ी ज़रूरत किसी तलब की तरह मेरे हलक़ में उभर आई। तीन महीने पुराने प्रगाढ़ चुंबनों का स्वाद रम के कसैलेपन को शीरीं कर गया।

आह रीत! काश! तुम होती तो मेरी उदासी को पकड़ पाती, पर क्या तब भी मैं उदास होता! मैं अजीब अवस्था में हूँ। इस जानलेवा उदासी से बेज़ार हूँ। इसे जी भर कोसता हूँ। किंतु कोई उदास गीत सुनकर इसी में आकंठ डूब जाना चाहता हूँ।

मैं कुछ पुरानी यादों में और भी उदास होने के बहाने ढूँढ़ने लगा कि मौसम की मार से गूँगा पड़ा फ़ोन अचानक ही घनघना उठा। मेरे दिल ने पूरी शिद्दत से चाहा उस तरफ़ रीत हो। बावजूद इसके कि मैं ईश्वर को नहीं मानता। पाँचों इंद्रियों ने समवेत रीत के होने की दुआ की।

मैंने रिसीवर कान पर लगाया।

''कहाँ थे तुम? कल से चालीस बार ट्राई किया।''

एक क्षण को मुझ जैसे नास्तिक व्यक्ति के भीतर आस्था का ज्वार-सा उठा।

ईश्वर है, अवश्य है। वरना मेरे चाहने भर से यह कैसे संभव था कि उस तरफ़ सचमुच रीत होती।

''अगर मैं तुम्हारी ख़बर न लूँ तो तुम्हें मेरी ख़बर ही न हो।''

ये खीझ और उलाहना मुझे अच्छा लगा। किंतु एक लोभी आदमी की तरह मुझे मलाल हुआ कि ईश्वरीय अनुग्रह की इस दुर्लभ घड़ी में मुझे कुछ और चाहना चाहिए था।

अपनी ख़ुशी को ज़ब्त करके मैंने कहा-

''मौसम की वजह से लाइन में गड़बड़ी थी।''

"अच्छा ये बताओ, माँ कहाँ हैं?"

"आजकल आर्थराइटिस ज़्यादा परेशान करता है। वैसे भी उन्हें परिवार चाहिए।"

थोड़ी देर एक बोझिल चुप्पी। फिर खड़खड़ाहट के बीच एक मायूस-सी गुहार आई।

"शादी कर लो धीर।"

"क्यों, तुम तकाओ से डिवोर्स ले रही हो?"

मैं हँस पड़ा। यह हँसी मेरे प्रश्न जितनी ही फ़ालतू थी।

उधर से मीठी झिड़की उड़ती हुई आई।

"तुम ना, हद करते हो। कल आ रही हूँ।"

ईश्वर दयालु है अब कोई संदेह नहीं। मैंने कहना चाहा मगर प्रत्युत्तर में पूछा-

"ऐसे अचानक?"

"तकाओ ओसाका गए हैं।"

आज उसकी आवाज़ में एक ग़ौरतलब सुस्ती है। इस सुस्ती से मुझे घबराहट होती है। किसी अनिष्ट की आशंका। इस डूबी हुई सुस्त आवाज़ में कही गई एक बात जो किसी समय नहीं भूलती। और फाँस की तरह कलेजे में गड़ी रहती है।

"तुम चूक गए धीर, मैं कॉमिटेड हूँ।"

वह प्रतिबद्धता न जाने कौन से जोड़-तोड़ का परिणाम थी। मैं चूक गया। मैं एक हारा हुआ व्यक्ति हूँ। क्यों उसने मेरी जगह तकाओ को चुना?

मैं अपनी गर्दन को एक जुंबिश देकर आत्महीनता के बीहड़ से बाहर आया।

"सुस्त लग रही हो। सब ठीक है?"

"नहीं। तबीयत गिरी-गिरी-सी है। मन उचाट। सोचा हवा पानी बदल लूँ।"

"कुछ सीरियस तो नहीं?" मुझे चिंता हुई।

"डैम सीरियस।" रीत हँसते हुए फुसफुसाई। "इवन आई नीड माई डॉक्टर।"

"मगर मैं तुम्हारा मरीज़ हूँ।"

मैं जानता हूँ रिसीवर के उस पार रीत मुस्करा रही है। मेरे लहज़े में ख़ुद ही उतावलापन भर गया।

"कितने दिन रहोगी?"

"तीन दिन।"

"बस्स!"

"तुम्हारा नाम धीर किसने रखा?" वह हँस रही है।" ठंड रखो, तीन रातें भी हैं।"

उसकी हँसी की गरमी से मेरे भीतर जमी उदासी की सिल्लियाँ पिघल रही हैं। चुप पड़ी चीज़ों में जाग हो रही है।

"आ जाओ। इस साल अच्छी बर्फ़ है।"

उधर से कहा गया, "धरमसिंह को छुट्टी दे देना।"

मैंने सरसरी नज़र से देखा लैट्यूस की पत्तियाँ चबाते धरमसिंह के चेहरे पर नागवारी सिलवटें बनकर बैठ गई हैं। यानी एकतरफ़ा बातों से ही वह स्थिति का अंदाज़ा लगा चुका है।

मैंने धीरे से हामी भरी। मगर खड़खड़ाहट में हमारी आवाज़ें एक-दूसरे को नहीं मिल रहीं।

मैंने रिसीवर रख दिया।

धरमसिंह चुपचाप पीने का सामान समेटने लगा। वह जानता है मैं अब और नहीं पिऊँगा। कल से तीन दिन मैं बिना नागा पीने वाला हूँ।

कल कितनी दूर है।

हमारे बीच एक बेहद ठंडी और लंबी रात का अंतराल है। यह रात भारी कटेगी।

उदासी छँटी तो पोर-पोर से बेचैनी रिसने लगी।

मैं पलंग के सिरहाने बैठ गया। मोमबत्ती की काँपती लौ से छत की कॉर्निस पर रौशनी का एक दायरा बना है। उस दायरे में मकड़ी का एक जाल

है। खुले हुए लिहाफ़ में सीलन की हल्की गंध है। पिछली सर्दियाँ रात के किसी पहर इसी लिहाफ़ में निढाल पड़ा जब मैं अपनी बेतरतीब साँसों को क़ाबू कर रहा था, रीत बग़ल में चित्त लेटी ऐसे ही जाल में फँसे पतंगे को घूर रही थी। फिर मेरी बाक़ी रात इस सोच में कटी कि रीत आख़िर यहाँ क्यों आती है।

सुबह हँसते हुए उसने कहा–

''तुम्हारा कुछ बकाया है। उसी को चुकता करने।''

मैं धरमसिंह को जाले हटाने की ख़ास हिदायत देकर बाक़ी चीज़ों पर नज़र मारने लगा। माँ की तरह धरमसिंह को भी रीत ज़रा पसंद नहीं। इस नापसंदगी में ही उसे ढेरों काम निबटाने होंगे।

खिड़कियों के काँच पर मोटी गाद जमी है। फ़ायर प्लेस में कई दिन की राख का ढेर है। अलगनी पर कई मैली पतलून और क़मीज़ें टँगी हैं। शेल्फ़ में किताबें अव्यवस्थित पड़ी हैं।

इन्हीं किताबों के बीच से मैं एक किताब खींच लेता हूँ। 'एक डॉक्टर की डायरी'। किताब का एक पन्ना मुड़ा हुआ है। इस मुड़े पन्ने के बाद चौदह पन्ने और शेष हैं। इस बार रीत एक बैठक में इसे ख़त्म कर देगी। रीत को किताबों से ऊब होती है। अगर मैंने न लिखे होते तो ये एक सौ चालीस पन्ने उसने कभी न पढ़े होते। उसने गहरी जिज्ञासा के साथ किताब हाथ में थामकर कहा था–

''देखूँ तो क्या ऊट-पटाँग लिखते हो कि लोग घंटों उदास रहते हैं। मेरी बेवक़ूफ़ सहेलियाँ तुम्हें ख़ूब पढ़ती हैं।''

''तुम नहीं पढ़ती?''

''तुम्हें पढ़ने के लिए मुझे ये किताब पढ़नी होगी?''

वह मेरे सवाल पर सवाल दागकर डेडिकेशन के पन्ने पर अटक गई।

'उन कुछ रिश्तों के नाम, जिनके नाम नहीं होते।'

फिर मेरी आँखों में अपनी आँखें उलझाकर बोली–

''सीधे लिख देते, मेरी दुनिया रीत नंदा को।''

मैं शेल्फ़ के नज़दीक खड़ा सोच रहा हूँ कि मैंने वहाँ उसका नाम क्यों

नहीं लिखा था।

किताब को यथास्थान रखकर मैं बरामदे में निकल आया।

मौसम की दूसरी बर्फ़ से पूरा कसौली ध्रुवीय प्रतीत हो रहा है। उग्र ठंड ने माँस-मज्जा बेधकर हड्डियों को क़ब्ज़ा लिया है। मैंने जैकेट का हुड कानों पर खींचकर अपने ठंडे हाथों को जेबों में ठूँस लिया। मुझे बचपन के फर वाले दस्ताने याद आने लगे। ऊनी मोज़ों के अंदर मेरे पाँव ठिठुर रहे हैं। समूचे क़स्बे पर एक बुर्राक सफ़ेदी छाई है। जैसे कच्ची कपास को धुनकी से धुनकर किसी ने सब तरफ़ बिखरा दिया हो। सड़कें, घरों की ढलवा छतें, चीड़, फर और देवदार के दरख़्त सब भुरभरी बर्फ़ से ढके हैं। इस ख़ामोश शाम में घरों की जलती हुई बत्तियाँ किसी बड़े क़ब्रिस्तान में टिमटिमाती मोमबत्तियों की तरह जान पड़ती हैं।

मैं एक उड़ती हुई निगाह से बरामदे का मुआयना करता हूँ। दुछत्ती पर चढ़ती मधुमालती को पाला मार गया है। चौरे पर माँ की तुलसी आख़िरी साँस गिन रही है और बरामदे के पार सहन में नंगा बलूत ठिठुरता हुआ मायूस खड़ा है। किसी पतझड़ में उसके सारे पत्ते गिर गए। सर्दियों के बाद जब हर तरफ़ लाल बुरांश खिलते हैं, तो वह हरा होने को बहार का मुँह तकता है।

ईश्वर रहमदिल है।

मैंने आसमान से उस उजड़े दरख़्त का नसीब माँगा।

"ओ हरियाले बसंत! अबकी ज़ब आना तो इस उजाड़ दरख़्त को हरा कर देना।"

इस दुआ के बाद मुझे गहरा सुकून हुआ।

रीत जब गुरुद्वारे में मन्नतें माँगती है तो उसे ऐसा ही सुकून होता होगा। मैं बाहर सीढ़ियों पर उसकी राह देखते हुए हमेशा सोचता हूँ रीत अपनी प्रार्थनाओं में भला क्या माँगती है।

वह कहती है, "मन्नताँ दसियाँ नई जांदियाँ।"

मैं बरामदे की मुंडेर पर हथेलियाँ टिकाए खड़ा हूँ।

बॉबिट परिंदों का एक झुंड शोर मचाता मेरे ऊपर से गुज़र गया। मैं उनके कलरव और क्रंदन में फ़र्क़ नहीं कर पाया। मैं एक तरफ़ इतना

आसक्त हूँ कि दूसरी हर चीज़ से विरक्त हूँ।

रीत ज़ेहन से उतरती क्यों नहीं!

अंदर के किसी नरम हिस्से से आवाज़ आई। क्योंकि उसका कोई विकल्प नहीं।

उसके विकल्प की तलाश में एक पूरी रात मैं कच्ची शराब बेचने वाली एक क़स्बाई लड़की की देह में भटकता रहा। मैं जितना उसमें उतरता गया रीत उतना गहरे मुझमें उतरती गई। जब मैंने उसे यह बताया तो वह पहले तो मुझे एकटक देखती रही फिर मुझसे चिपटकर रोने लगी। उसने मेरे हाथों को बेसाख़्ता चूमते हुए कहा।

''पता है तुम बिलकुल पागल हो।''

रीत की आँखों की ज़द मेरे लिए एक कन्फ़ेशन बॉक्स है और उसकी देह कोई पवित्र किताब। जिसे छूकर मैं सिर्फ़ सच बोलता हूँ।

मैंने खड़े-खड़े एक सिगरेट पीने की सोची। आने वाले तीन दिन मेरे लिए सिगरेट निषेध होगी। मैं रीत की धार्मिक भावनाओं का सम्मान करता हूँ।

एक ख़ाली गमले में सिगरेट के बहुत से टोंटे पड़े हैं। धरमसिंह इसी में ऐश ट्रे झाड़ देता है। इसके पीछे रम के ख़ाली अद्धे-पव्वों का ढेर लगा है। वह यहीं से शुरू करेगा। बरामदे की मुँडेर पर जगह-जगह जंगली कबूतरों की बीट चिपकी है। कई महीनों के उपरांत कल जब पहले शॉवर के बाद रीत यहाँ अपना तौलिया पसारने आएगी तो उसकी झल्लाहट फिर सुनाई देगी।

''ये घर है या चिड़ियाघर!''

छत की कड़ियों के खोखल में चिड़ियों का घोंसला है।

मैंने धरमसिंह को आवाज़ दी।

''इसे फेंक देना।''

उसने मेरी तरफ़ देखे बिना शुष्क आवाज़ में कहा,

''किसी का घर नहीं तोड़ते साब, बद्दुआ लगती है।'' और गीला कपड़ा मुँडेर पर रगड़ने लगा।

मुझे तेज़ तिलमिलाहट हुई। मैं अंदर चला आया। क्या मैं एक बुरा और

गुनहगार आदमी हूँ! रीत एक बुरे व्यक्ति से प्रेम नहीं कर सकती। मैंने आईने में अपना चेहरा देखा। मेरे चेहरे पर बासीपन है। तीन दिन हो गए। कल नहा लूँगा। 'बहुत सर्दी है' का बहाना उसके सामने नाकारगर होगा। वह ठीक मेरे कानों के पास अपने होंठ रख देगी।

"अच्छा अब बताओ, कहाँ है सर्दी?"

मैं उसके हाथों को अपने हाथों में जकड़कर कहूँगा।

"बहुत दूर उन पहाड़ियों पर जहाँ तुम नहीं हो।"

वह जबरन मुझे ग़ुसलख़ाने में खींच लेगी। हम बहुत देर तक शॉवर में भीगते रहेंगे।

रीत हो तो मैं इस जानलेवा सर्दी में भी कई बार नहा सकता हूँ। सोचकर जाने कहाँ से एक स्मित मेरे होंठों पर खिंच गई।

चर्च में शाम की प्रार्थना का गजर बज रहा है। अक्सर मैं गिरजे के बजते घंटों से समय का अनुमान लगाता हूँ।

अब तक मॉल रोड और तिब्बती बाज़ार वीरान हो गए होंगे। मगर एकाध दुकान शायद खुली हो। मेरे दिमाग़ में रीत की पसंद की चीज़ों की फ़ेहरिस्त है। बाहर भीषण ठंड है। सड़कों पर फिसलन है। हवा आज भी थमी हुई है। बर्फ़बारी की आशंका है। धरमसिंह के ना-ना करते भी मैं स्कूटर लेकर निकल गया। शिमला को जाने वाले रास्ते पर गाड़ियों की लंबी क़तार है।

पिछली बार जाते वक़्त रीत नाराज़ थी।

हम लवर्स लेन से लौट रहे थे। वह मुझे बड़े प्यार से व्यावहारिकता का सबक़ पढ़ा रही थी कि मुझे अपनी क़ाबिलियत किसी बड़े शहर के बड़े अस्पताल को सौंपनी चाहिए। तकाओ का दो सौ पच्चीस बेड का अस्पताल है। उसे डॉक्टरों की वाक़ई ज़रूरत है।

मेरे इनकार करने पर वह उखड़ गई।

"यहाँ कब तक पड़े रहोगे! तुम्हारे साथ के लोग कहाँ से कहाँ पहुँच गए!"

"मुझे यहाँ अच्छा लगता है।"

उसने बिगड़कर कहा, "मगर तुम वहाँ नहीं जहाँ तुम्हें होना चाहिए।"

मुझे गहरा क्षोभ हुआ। बहुत बार हम वहाँ नहीं होते जहाँ हमें होना चाहिए। हम अपनी नियति के ग़ुलाम हैं।

उसी क्षोभ में मैंने कहा-

"क्या तुम वहाँ हो?"

वह आहत हो उठी।

"ज़रूरी है कि हमें चोट खाकर ही सीखना चाहिए?"

इसके बाद वह कुछ न बोली। और घर लौटते ही उसने सूटकेस में अपना सामान जमा लिया।

फिर हफ़्तों अपनी ख़ैरियत की भी ख़बर न दी।

इस दफ़ा मैं उसे नाराज़ करने वाली कोई बात नहीं करूँगा।

मैंने रीत की पसंद का बहुत-सा सामान ख़रीदा। प्लम वाइन की कई बोतलें। मौसमी फलों के कुछ मार्मलेड। अचार और एक बड़ी सैलमन मछली।

अब तक धरमसिंह ज़्यादातर काम निबटा चुका है और झोले में अपनी ज़रूरियात की चीज़ें ठूँस रहा है। उजाड़ घर घर लग रहा है। ऊपरी सतह मैली होने के कारण पाँव-पोंछ उलटकर बिछे हैं। परदों के पीछे खिड़कियों के काँच साफ़ दिख रहे हैं। मेज़ की माइका पर बर्तनों के पेंदों से बने दाग़ अब नहीं हैं। शेल्फ़ में किताबें शऊर से जमी हैं।

जब तक धरमसिंह खाना तैयार करे मैं लिहाफ़ में दुबक जाता हूँ।

कल वह करिश्माई औरत यहीं होगी। अपने दैहिक ताप से सर्दियों भर के लिए मुझे संतृप्त कर देगी। फिर झुलसाती-पछोरती गर्मियाँ आकर सारी तृप्ति को सोख लेंगी और किसी दिन ऐसे ही अचानक रीत अपनी रहमतों की बारिश करके मुझे शीतल कर देगी।

कमरे में रीत के प्रिय कोलोन की गंध उड़ने लगी है। पलंग के दूसरे छोर पर वह औंधी लेटी है। मैं उसके जिस्म के बहुत से हिस्सों को देख पा रहा हूँ और वह इसकी फ़िक्र नहीं करती। मैं उसे लिहाफ़ में खींच लेता हूँ। मेरी उँगलिया उसकी कमर और नितंबों पर निर्बाध टहल रही हैं।

"चद्दर बदल दूँ?" धरमसिंह पैताने खड़ा पूछ रहा है।

मैं अपने सुंदर सपने से उबरता हूँ और आँखें मूँदे ही पूछता हूँ–

"अभी से क्यों?"

"सवेरे जल्दी निकल जाऊँगा।" उसकी आवाज़ पर अब भी एक तल्ख़ी तारी है।

मैं काहिलों की तरह चुप पड़ा रहता हूँ और बाहर निकलना नहीं चाहता। लिहाफ़ में सिर्फ़ गरमाई नहीं रीत भी है।

धरमसिंह चादर पलंग के कोने पर रखकर काँच की तश्तरियाँ धोने में लग जाता है। रीत बस काँच की तश्तरी में ही खाती है।

मैं फिर से रीत को लिहाफ़ में खींच लूँ उससे पहले ही फ़ोन की बेसुरी घनघनाहट मेरे तसव्वुर की लय बिगाड़ देती है। मैं पड़े-पड़े ही ख़ैर मनाता हूँ। अस्पताल से बुलाहट न हो। मैं फ़ोन उठाना नहीं चाहता मगर घंटी अनवरत बजती रहती है।

मैं झुँझलाहट में 'हैलो' कहता हूँ। मुझे ख़ुशी और हैरानी के अतिरेक से लरज़ती रीत की आवाज़ सुनाई पड़ती है। रीत क्या कहने वाली है, मैं पशोपेश में हूँ।

"मिरेकल्स हैपन धीर, आइ गॉट द वर्ल्ड!"

फिर वह पूछती है–

"तुम ईश्वर को नहीं मानते न?"

इसका क्या मतलब हुआ। मुझे कुछ समझ नहीं आता। रीत कौन-सी पहेली बुझा रही है। उसे क्या मिल गया है!

"आई एम प्रेग्नेंट। ये एक करिश्मा है। मैं उम्मीद खो चुकी थी।"

वह बोले जाती है। मैं गुम-सा हूँ।

"तुम्हारे साथ गिरती हुई बर्फ़ देखने का बहुत मन था मगर अब न जाने कब आना हो! तुम अपना ख़्याल रखना।"

मेरी आँखों के दपदपाते जुगनू बुझ गए हैं। उसके शब्दों के साथ जैसे कोई बहुत ज़रूरी चीज़ मुझमें से ग़ायब हो गई हो।

मैं घोर निराशा मगर दृढ़ता के साथ कहता हूँ–

"हाँ, मैं सचमुच ईश्वर को नहीं मानता।"

रिसीवर रखते वक़्त मुझे लगता है रीत अब कभी नहीं आएगी।

काँच की धुली तश्तरियाँ पोंछते धरमसिंह के त्वरित हाथ थम गए हैं। वह मेरी आँखों में बिखरी हुई उम्मीद की कतरनों को बीन रहा है। मैं जाने क्यों उससे आँखें नहीं मिला पाता।

बाहर बर्फ़ गिरने लगी है। ठंड और प्रचंड हो गई है। सहन और बरामदे को फाँदकर सिहरन मुझसे आ लिपटी है।

बुझ चुकी लकड़ियों की राख़ में थोड़ी तपिश अब भी बाक़ी है। मैं उसे कुरेदकर चुपचाप चरमराती कुर्सी पर झूलने लगा हूँ। धरमसिंह बची हुई रम और गिलास ले आया है। मैं रम के घूँट भरते हुए कुर्सी की पुश्त पर सिर टिकाए पता नहीं क्यों उस नंगे ठूँठ को सोच रहा हूँ।

और अब यह शाम मेरी बाक़ी शामों से कहीं ज़्यादा उदास है।

खिड़की

बारिशों के दिन की आर्द्र हवा जब मुझे छूकर गुज़रती है तब धूमिल-सा कुछ याद आता है। मैं उस धुँधलके को साफ़ करने के लिए अपने मन को यादों के अंधे कुएँ में उतार देती हूँ मगर उस धुँधलेपन से निस्तार नहीं मिलता। इस समय मैं खिड़की पर खड़ी पूरी कोशिशों से उस धुँधलके को पोंछने में मशग़ूल थी। शून्य के तश्त पर घुमड़ते बादल किसी भी समय बरस पड़ने की चेतावनी दे रहे थे। हवा के झोंकों में रूमान भरी नरमाई थी। इसी से माहौल में एक ख़ुशगवार ठंडक बनी हुई थी। मैंने काँच वाली खिड़की के दोनों पल्ले पूरे खोल दिए और कुछ इस तरह ख़ुद को हवाओं के हवाले कर दिया कि ख़ुराफ़ाती झोंके मुझसे छेड़छाड़ करने लगे।

बहुत देर की चुप्पी के बाद निचले कमरे से अंतरा की आवाज़ें आने लगी थीं। साथ पढ़ने वाली पूर्वा उसे लिवाने आ गई होगी। उसकी आँखें बिल्लौरी हैं। मैं जब भी उसे देखती हूँ तो सोचने लगती हूँ कि वो आँखें अँधेरे में बिल्ली की शैतानी आँखों की मानिंद चमकती होंगी। अपनी आँखों के उलट वह शर्मीली बिहारी लड़की बोलने के क़ायदे की वजह से मुझे अच्छी लगती है। मगर वह बहुत कम और संभलकर बोलती है। उसके आचरण में संजीदगी है। अंतरा कभी भी कहीं भी कुछ भी तपाक् से कह देती है। कल रात डिनर के वक़्त उसने शेखर से कहा था,

"पापा यू आर गेटिंग फ़ैट डे बाई डे। माय कैमेस्ट्री सर इज़ फ़ोर्टी क्रॉस्ड बट डैडली अमेज़िंग।"

मैंने देखा था कहते हुए उसकी आँखों में अजीब-सी दर्प भरी चमक थी। वह आगे भी कुछ कहती मगर मेरी आँखें देखकर शांत हो गई।

पूर्वा के लिए इस उम्र में घर की आत्मीयता और सुरक्षा से दूर रहना किसी चुनौती से कम न होगा। अंतरा के मुक़ाबले पूर्वा बहुत ज़िम्मेदार और सयानी लगती है। अंतरा अपने रोज़ के छोटे-बड़े कामों के लिए अब भी मेरा मुँह ताकती है। स्कूल का आख़िरी साल है। फिर उसे भी किसी अजनबी शहर की निर्मम भीड़ में निकलना होगा। उसे पूर्वा की तरह होना चाहिए। आत्मनिर्भर और सलीक़ामंद। मुझे यक़ीन था कि आज भी उसने अपना गीला तौलिया रस्सी पर पसारने के बजाय कमरे में कुर्सी की पुश्त पर फैला दिया होगा। उतारे हुए कपड़े ग़ुसलख़ाने में या बिस्तर पर उल्टे पड़े होंगे। रोज़ की तरह धोने के समय मुझे ही सीधे करने होंगे। रात की ओढ़ी चादर पलंग से लटककर फ़र्श को चूम रही होगी। हो सकता है कई बार टोकने के बाद भी कंघी में बालों का गुच्छा फँसा होगा। मैं सीढ़ियाँ उतरने की सोच रही थी कि अंतरा ने थोड़ी ऊँची आवाज़ में कहा-

"मम्माऽ कैमेस्ट्री सर एक्स्ट्रा क्लास लेंगे। आने में देर होगी।"

मैंने कहा, "छतरी लेती जाना। बारिश का कुछ ठीक नहीं।"

मैं कुछ और बातें कहना चाहती थी। यह कि वापसी में पोस्ट ऑफिस वाली सड़क से मत लौटना। शाम पड़े ही सुनसान हो जाता है। बारिश हो तो रिक्शा ले लेना। मगर नीचे से कोई आहट न पाकर चुप्पी लगा गई। वैसे भी कहने, न कहने का कोई अर्थ नहीं। अंतरा के लिए ये रोज़ की परिचित हिदायतें हैं। शेखर कहते हैं मैं क्यों उसे बड़ा नहीं होने देती! क्यों चिंताओं का यह ज़ख़ीरा उठाए फिरती हूँ! वह नए दौर की लड़की है। मैं पूर्वा को देखकर भी क्यों नहीं समझती! क्या उसकी माँ किसी और मिट्टी की बनी है?

मैंने पूरे घर पर एक उचटती हुई निगाह डाली। तमाम बिखरी हुई चीज़ें मेरे इंतज़ार में थीं। मगर मेरी पूरी देह में अलसपन भरा था। ज़ुकाम से

लस्त आँखें भारी हो रही थीं। रिचार्ज होने की गरज़ से मैं तेज़ अदरक और चटख मीठे वाली चाय प्याले में ऊपर तक भरकर दोबारा खिड़की पर आ खड़ी हुई।

पता नहीं खिड़की पर यूँ खड़े रहना मुझे कब से अच्छा लगता है। शायद तब मैं पाँच छह बरस की थी। ननिहाल में तिमंज़िले पर कई खिड़कियों वाला एक कमरा था। जिसमें सामने की ओर था लकड़ी की शहतीरों पर टिका जालीदार बारजा। बारजे का फ़र्श सुर्ख़ था। उसके ठीक बीच में आठ पत्तियों वाला सफ़ेद फूल था। मैं उस सुर्ख़ फ़र्श पर पर खेलना चाहती थी। लेकिन ख़स्ताहाल हो चुके बारजे पर खड़ा होने की ख़ास मनाही थी। उन दिनों माँ पेट से थी। वह खिड़की पर मेरा पुराना स्वेटर उधेड़कर ऊन का गोला बनाते हुए जाने क्या ताकती थी और मैं उनकी टाँगों से चिपटी यह देखती थी कि माँ यूँ खोई-सी क्या ताकती हैं। पटसन के खरहरे खटोले पर पड़ी नानी पत्थर हो चुकी माँ को अपनी क़र्बज़दा आँखों से देखकर मुर्दा आवाज़ में किसी को कोसने भेजा करती थी, ''उसकी बाट मत देख लाडो, वो डंकिनी उसे नई छोड़ेगी।'' नानी की वह मुर्दा आवाज़ अब भी मेरे चारों तरफ़ नक़्श बनाती गूँजती है।

बारिश तेज़ हो गई थी। फुहारें खिड़की के काँच से टकराकर मुझे भिगोने लगी थीं। मैंने खिड़की को आधा भिड़ा दिया। पड़पड़ाता पानी काँच पर तेज़ी से फिसलने लगा।

मेरे कमरे की यह खिड़की दसियों साल से ख़ाली पड़े एक प्लॉट में खुलती है। तक़रीबन चार सौ गज़ विवादित ज़मीन का यह टुकड़ा चौमासों में एक सब्ज़ बग़ीचा बन जाता है। इस सब्ज़े में गुलमोहर और अमलतास के दो पेड़ एक दूसरे के इतने क़रीब खड़े हैं कि आपस में गुँथी उनकी शाख़ें किसी प्रेमी जोड़े की तरह आलिंगन करती हुई-सी लगती हैं। उन पर जड़े लाल-पीले फूलों के गुच्छों को देखकर कई बार यह भेद करना मुश्किल होता है कि कौन से फूल किस पेड़ की मिल्कियत हैं। बची हुई बाक़ी जगह पर गुलाबी गुलों वाले बेहया के झाड़ों ने अपने पाँव पसार दिए हैं।

यह ख़ाली प्लॉट मेरा साल भर का कैलेंडर है। जहाँ मैं सारे मौसमों को

आते-जाते देखती हूँ। खिड़की पर खड़े होने का मेरा कोई ठीक वक़्त नहीं। वो दिसंबर की आधी रात भी हो सकती है और जून की ठीक दोपहरी भी। यह खिड़की और ख़ाली प्लॉट उम्र के इस सबसे उबाऊ दौर के मेरे साथी हैं। मैं अक्सर दुआ करती हूँ कि तनाज़ो वाली इस ज़मीन का फ़ैसला कभी न हो और यह खिड़की हमेशा यूँ ही खुली रहे।

इस ख़ुशनुमा सब्ज़े के पार डेड एंड पर मेरे सपनों का घर है। सफ़ेद इटालियन संगमरमर से जड़ा 'मनचंदा हाउस'। जिसकी खिड़की ठीक मेरी खिड़की की सीध में प्लॉट के दूसरे छोर पर खुलती है। कभी-कभी मुझे अपने-आप पर संदेह होता है कि मेरी ज़्यादा दिलचस्पी ख़ाली प्लॉट में है या इस खिड़की में! वो खिड़की प्रायः खुली रहती है। बस कभी-कभार जब शाम के सूरज की रोशनी नारंगी होने लगती है तब उस पर एक झीना परदा होता है। मैं अक्सर उस खिड़की में आलिंगनबद्ध होते, खिलखिलाते, चुहल करते दुनिया के सबसे ख़ूबसूरत चालीस पार के जोड़े को झाँकती हूँ।

मनचंदा हाउस की ऊपरी मंज़िल पर कई खिड़कियों वाला और सामने की ओर छज्जे वाला एक कमरा है जो मुझे वक़्त-बेवक़्त ननिहाल की याद दिलाता है। सड़क की ओर खुलने वाले इस छज्जे पर गमले तरतीब से एक क़तार में लगे हैं। लचकदार बेलों ने छज्जे को ढाँप रखा है। स्टेनलेस स्टील की दमकती रेलिंग वाली घुमावदार सीढ़ियाँ इस कमरे को जाती हैं। उन्हीं सीढ़ियों पर बैठकर मनचंदा जाड़ों में नर्म धूप सेंकता हुआ अख़बार पढ़ता है और आर-पार दिखते प्याले में राधिका ग्रीन टी के घूँट भरती है। बिल्लौरी आँखों वाली पूर्वा इसी मनचंदा हाउस में किरायेदार है।

इस समय सुबोध मनचंदा पत्नी राधिका के साथ अपनी टैरेस पर भीग रहा था। मलमल का शफ़्फ़ाफ़ सफ़ेद क़ुर्ता उसके बदन पर चिपका हुआ था। चालीस पार की राधिका मनचंदा उम्र के साथ निखर रही है। उसके अंग-प्रत्यंग में पारा भरा है। उन्हें भीगते देखकर मेरा मन उम्र की ढलान पर ख़्वाहिशों की दुर्गम चढ़ाई चढ़ने लगा। मैं अपनी ज़िंदगी के पन्नों को बहुत पीछे तक पलटकर देखने लगी और याद करने लगी कि क्या मैं और शेखर कभी इत्तफ़ाक़न भी इस तरह भीगे हैं? शेखर को बारिश अच्छी नहीं लगती

या मेरी तरह उन्होंने भी जो चाहा वह कभी किया नहीं। अंतर्मुखी होना एक घाटे का सौदा है।

भीगने के बारे में सोचते ही मैं एक दूसरी चिंता में घिर गई। संक्रमण वाले इस मौसम में गुंजन भीग गया होगा। कल से लगातार छींक रहा था। फिर भी सवेरे ही खेलने निकल गया। मैं हिम्मत बटोरकर काम निबटाने को सीढ़ियाँ उतरने लगी कि कॉल बेल बज उठी। गुंजन ही था। बेल लगातार बज रही थी। उसे ज़रा भी सब्र नहीं। जब तक दरवाज़ा न खुल जाए वह बटन से हाथ नहीं उठाता। वह पूरा भीग गया था। अंदर दाख़िल होते ही खिन्नता से फ़र्श पर अपना बल्ला पटककर वह बड़बड़ाया, ''डैम रेन, सारा खेल बिगाड़ दिया।'' दिन भर धूप-ताप में रहकर उसका गोरा रंग तांबई हो गया है। क्रिकेट किट के भीतर उसके ग्लव्स और पैड्स भीग गए थे। उसने पंखे के तले फ़र्श पर उन्हें फैलाते हुए मलाल से कहा,

''आज हम जीत जाते मगर ये मनहूस बारिश!'' मायूसी की एक गहरी छाया उसके चेहरे पर पड़ी और पल भर में उतर गई। उसके जूते और लोअर के पाँयचे कीचड़ में सने थे। वह तौलिया लेकर बाथरूम में घुस गया। मैं उसके कमरे की बिखरी चीज़ों को सँवारने लगी। वह अच्छा खेलता है और सिर्फ़ खेलने के लिए नहीं खेलता। उसे यक़ीन है वह एक दिन अच्छा बल्लेबाज़ बनेगा। उसके कमरे की दीवार पर उसकी पसंद के खिलाड़ियों का कोलाज है। वह दिन भर खेल सकता है मगर किताबें उसे थोड़ी देर में थका देती हैं।

गुंजन के पलंग के नीचे कप के तले में दूध जम गया था। जुराबें जूतों में ठुँसी थीं। उनसे बास उठ रही थी। गुंजन को इससे फ़र्क़ नहीं पड़ता। मैं न देखूँ तो वह महीनों एक जोड़ा जुराबें पहनता रहे। मैं स्टडी टेबल पर रखी उसकी स्क्रैप बुक को पलटने लगी। उसमें उसके बचपन की तस्वीरें थीं। क्रिकेट अकादमी से जीते हुए खेलों के ब्यौरे थे। उसके प्रिय खिलाड़ी थे और मैं यह देखकर चौंक गई कि एक पूरे पन्ने पर रूसी मॉडल नतालिया वोदियानोव की उत्तेजक तस्वीर थी। मैंने स्क्रैप बुक को वैसे ही रख दिया जैसे वो रखी थी। मैं नहीं चाहती थी कि गुंजन यह बात जान ले कि मैंने

उसके बारे में कोई छिपी हुई बात जान ली है। वह नहाते हुए बाथरूम से कोई अँग्रेज़ी गाना गुनगुना रहा था। मेरा मन अजीब हो रहा था। क्या गुंजन बड़ा हो गया! मुझे याद आया एक रात मेरे अचानक आ जाने पर वह झेंप गया था और घबराहट में मोबाइल को तकिये के नीचे रखकर कुछ भी ऊट-पटाँग बोलने लगा था। मैं बेचैन होन लगी। क्या उस वक़्त गुंजन कोई गेम खेल रहा था या कुछ और...

आजकल उसे सीना चौड़ा करने वाली स्प्रिंग्स और डंबलों की आज़माइश की ख़ब्त चढ़ी है। वह ख़ुद को देर तक आईने में देखता है। यही वह उम्र है जब लड़के लड़कियों पर नज़रें गड़ाने लगते हैं और लड़कियाँ यह ताड़ने लगती हैं कि कौन उन पर नज़रें गड़ाए है। मेरे अंदर एक हूक-सी उठी। अभी उसे चूमते, पुचकारते, कलेजे से लगाते जी नहीं भरा और वह बस छह ही महीने में बाँस की तरह बढ़ गया। मुझे घुटनों पर रेंगता, हुंकारे भरता गुंजन याद आने लगा और याद आने लगी माथे पर झालर वाली उसकी ऊनी टोपी और नन्ही जुराबें। उसी में तो मेरे जीवन का सारा राग और संगीत बसा है। मेरा मन उसे छाती से लगाने को मचलने लगा था। वह मुझसे चार बालिश्त ऊँचा है। उसके भरे-भरे गुलाबी होंठों के ऊपर महीन बालों की हल्की रेखा दिखने लगी है। उसकी आवाज़ में अचानक ही भारीपन उतर आया है। मुझे लगा बच्चों को कभी बड़ा नहीं होना चाहिए।

गुंजन कब नहाकर आया मुझे पता ही नहीं चला। पता चला जब रसोई से कटोरदान खखोड़ने की आवाज़ आने लगी। वह पूछ रहा था,

"बहुत भूख लगी है, क्या बना है?"

फिर कड़ाही में झाँककर बुरा-सा मुँह बनाते हुए बोला,

"मैं टिंडा-विंडा नहीं खाऊँगा।"

मैंने कहा, "कल तेरी पसंद का बना दूँगी।"

वह रूखी डबलरोटी चबाने लगा।

"तो आज भूखा रहूँ?"

मेरे अंदर ममता उमड़ रही थी। मैं उसके लिए सैंडविच बनाने में जुट गई तो वह लाड़ से अपना भार मेरे कंधों पर डालकर झूल गया।

"आप कितनी अच्छी हो! अगले हफ़्ते सीरीज है। हरियाणा जाना है।"

"मैं क्या बताऊँ, पापा से पूछना।"

"एक घंटे का लेक्चर सुनने से अच्छा है, न जाओ।"

सहसा जैसे उसे कुछ याद आया, "पता है अर्जुन भैया अंडर नाइन्टीन खेलने वाले हैं! मिसेज़ मनचंदा ने फ़ेवर किया है।"

"कौन अर्जुन, पूर्वा का भाई! वो खेलता है?" मेरी आँखों में एक दुबला-पतला लड़का साकार हो उठा। उसकी दोनों बाज़ुओं पर कंधों तक गोदने गुदे थे। मैंने कई बार उसे पूर्वा के साथ सब्ज़ी की ठेलियों पर और नज़दीक के किराने की दुकान पर देखा था। उसकी आँखें बिलकुल पूर्वा जैसी थीं, सैटेनिक ब्राउन।

मिसेज़ मनचंदा की इतनी पहुँच है! मुझे अचरज़ हुआ।

गुंजन ने हुलसकर कहा,

"और क्या। वो चाहेंगी तो मुझे अंडर सिक्सटीन खिलवा देंगी। अर्जुन भैया के साथ जाकर मैं उनसे बात करूँगा।"

मैं उसकी सोच पर मुस्कराने लगी।

मैंने उसे आश्वस्त करने को कहा,

"ज़रूर करना मगर अपनी क़ाबिलियत पर भरोसा रखो। किसी के चाहने से तुम आख़िर कब तक खेल पाओगे!"

उसने इस बात पर कुछ नहीं कहा।

***

मुझे कोई ठीक अंदाज़ा न था कि क्या वक़्त हुआ था। मगर बाहर तेज़ी से पानी बरसने की आवाज़ अब भी आ रही थी। शायद डेढ़-दो के आस-पास का समय होगा। अचानक नींद उचट गई थी। कोई बुरा सपना देखा था कि मेरी पलकों के कोर गीले थे। पंखा धीमी गति से अपनी धुरी पर घूम रहा था। मैंने उलट-पलटकर सोने की कोशिश की लेकिन नींद आँखों से कुछ इस तरह दूर थी जैसे मैं अपनी तमाम नींदें सो चुकी हूँ। शेखर जिस करवट सोए थे अभी तक उसी करवट थे। लगातार घर से बाहर रहना उन्हें

थका देता है। मैं उनके खर्राटे गिनने लगी। एक ...चार... छह ...नौ ...और फिर ख़ुद ही अपनी बेहूदा हरकत पर शर्मिंदा हो गई। सोते वक़्त गुंजन को बुख़ार था। मैं सोच रही थी एक बार फिर देख लूँ। सीढ़ियों के बाद पहला कमरा अंतरा का पड़ता है। वह पढ़ते-पढ़ते किताब पर सिर रखे औंधी सो गई थी। उसके सिर पर अपेक्षाओं का भारी बोझ है। मैंने किताब उठाकर किनारे रख दी और बत्ती बुझा दी। अपने कमरे में गुंजन सिकुड़ा पड़ा था। सिरहाने उसका मोबाइल और इयरफ़ोन पड़े थे। मैंने पंखा धीमा करके उसे एक और चादर ओढ़ा दी। उसे नामालूम-सा बुख़ार था। फ़्लू का पहला दिन था। दो दिन और वह ऐसे ही बेहाल रहेगा।

इस समय मुझे आराम को बस एक ही जगह थी। मैं बिना आहट किए खिड़की पर खड़ी हो गई। मुझे हैरानी हुई कि प्लॉट के पार वाली खिड़की में रौशनी रंग बदल रही है। यानी रात के इस वक़्त मनचंदा का टी. वी. ऑन था। मुझे जाने क्यों अच्छा लगा कि मेरे साथ और कोई भी है जो जाग रहा है। मैं सोचने लगी कि राधिका मनचंदा इस समय किस अवस्था में होगी। मुझे इंतज़ार था कि थोड़ी देर में मनचंदा अपनी क़मीज़ के बटन बंद करता हुआ अपनी खिड़की पर दिखाई देगा। वह खिड़की की दहलीज़ पर अपनी कुहनियाँ टिकाकर सिगरेट फूँकेगा और फिर उसके कमरे में अँधेरा पसर जाएगा। मैंने एकाएक महसूस किया कि मुझे हर वक़्त मनचंदा का इंतज़ार रहता है।

प्लॉट के घटाटोप अँधेरे में पत्तों पर पड़-पड़ गिरती बारिश की आवाज़ भयावह लग रही थी। मुझे हौल होने लगा।

मनचंदा के कमरे में रंगीन रौशनियाँ बुझ गई थीं। अब सामने की खिड़की पर घुप्प अँधेरा था। वे दोनों सो गए होंगे। उन्हें क्यों जागना चाहिए। इतनी रात गए जागने का कोई औचित्य न था। मगर एकाएक ही अँधेरे को तोड़ता हुआ आदमकद रेफ़्रिजिरेटर का दरवाज़ा खुला और उसकी धीमी रौशनी में मैंने देखा सिर से पाँव तलक नंगा मनचंदा गट-गट पानी पी रहा है। मेरे अंदर अजीब सनसनाहट होने लगी। मेरे पैरों में चींटियाँ-सी रेंगने लगी कि मैं क्या अधर्म कर रही हूँ। मुझे क्या हो गया है। मैं आधी रात किसी

मर्द के अंतरंग पलों को देखने का पाप कर रही हूँ। लेकिन मेरे पाँव फ़र्श पर मानो चिपक गए थे। मैं इंच भर भी नहीं हिली।

"सोती क्यों नहीं?" शेखर की आवाज़ से मेरा जिस्म सूखे पत्ते की तरह काँपने लगा। जैसे उन्होंने मुझे चोरी करते पकड़ लिया हो! मेरे मुँह से बोल न फूटा।

वे टॉयलेट के निमित्त उठे थे और फिर करवट बदलकर सोने लगे थे। इससे पेशतर कि मैं पलटती मेरे होश उड़ गए। मुझे और भी कुछ देखना बाक़ी था। मैंने देखा एक निर्वस्त्र जनाना साया मनचंदा से लिपट गया। वह राधिका मनचंदा नहीं थी। वह राधिका मनचंदा बिलकुल भी नहीं थी। मैंने फ्रिज़ की मद्धिम रोशनी में भी उसे पहचान लिया था। वह इस वक़्त बिलकुल शर्मीली नहीं लग रही थी। और अँधेरे में उसकी आँखें नहीं चमकती थीं।

मैं किसी तरह बिस्तर तक पहुँची। मुझे लगा कि शेखर को झिंझोड़कर जगा दूँ और उनसे सब कह डालूँ। मुझे ऐसी घुटन हो रही थी कि अगर कुछ देर और चुप रही तो मेरा दिल डूब जाएगा। मगर मेरी आवाज़ रुद्ध हो गई थी। मुझे जान पड़ रहा था कि अंतरा पर कोई आसन्न ख़तरा मंडरा रहा है।

फ़ोर्टी क्रॉस्ड। डैडली अमेज़िंग।

मेरे सामने अनदेखा-सा एक आदमी धीरे-धीरे एक बड़े मकड़े की शक्ल अख़्तियार करने लगा। उसने अपनी आठों भुजाओं में अंतरा को जकड़ लिया था।

अगली सुबह शीशे के सामने गुनगुनाकर सँवरती हुई अंतरा सहम गई थी। मैंने कड़ी आवाज़ में उसे कहा "आज से एक्स्ट्रा क्लास में नहीं जाना।"

यह अप्रत्याशित निर्देश था।

"क्यों नहीं?" उसका चेहरे पर कई रंग आकर ठहर गए।

"स्कूल से सीधा घर आना।"

"ये बिना बात का तालिबानी फ़रमान किसलिए? वैसे सीधे घर नहीं आएगा मम्मा थोड़ा मुड़ना पड़ता है।"

अंतरा की बेफ़िक्री ने मुझे तसल्ली दी थी।

फिर भी मैं हफ़्तों एक आतंक के साये में रही। मैं आँखें बंद करती तो वो दृश्य मेरे अंदर मवाद की तरह बहने लगता। कभी लगता वो मेरी उम्र का एक लम्हा था। कभी लगता उस लम्हे की उम्र सौ साल है। मैंने रात को खिड़की पर खड़ा होना बंद कर दिया था। मैंने सोच रखा था कि किसी दिन मैं बरसात की उस नंगी रात का ज़िक्र राधिका मनचंदा से ज़रूर करूँगी।

***

चौमासे बीत गए थे। महीनों बाद मैं रात के वक़्त आज फिर खिड़की पर खड़ी हुई थी। शेखर दो दिनों के लिए सूरत गए थे। चढ़ते चाँद की रात थी। चाँदनी का एक टुकड़ा खिड़की के काँच पर रेंग रहा था। पतझड़ के बाद हवाओं में सिहरन उतरने लगी थी। प्लॉट में गुलमोहर और अमलतास के सुर्ख़ और पीले फूलों ने उनका साथ छोड़ दिया था। सड़क पर पूरी तरह सन्नाटा था। बस स्ट्रीट लाइटों पर पतंगे मँडरा रहे थे। गश्त पर निकले चौकीदार की व्हिसल और लाठी फटकारने की आवाज़ कानों को खरोंचती हुई निकल रही थी। चौकीदार के लाठी फटकारने पर मनचंदा के फाटक पर बँधा अमेरिकन एस्किमो भौंकने लगता और फिर अगली फटकार आने तक चुप्पी साध लेता। मनचंदा की खिड़की पर गाढ़ा अँधेरा था। वहाँ किसी के जागते रहने का कोई लक्षण नहीं था। मेरे मन में सवाल उठा कि क्या बत्ती बुझाने से पहले अब भी मनचंदा खिड़की पर आकर सिगरेट फूँकता होगा?

मैं अपनी सोचों की रौ में बह रही थी कि अँधेरे में डूबे मनचंदा के कमरे की बत्ती भक्क से जली और अगले ही पल बुझ गई। मगर उस एक पल में मुझ पर सैकड़ों बिजलियाँ टूट पड़ीं। मुझमें और कुछ देख पाने की सामर्थ्य बाक़ी नहीं थी। मैंने जो देखा था वो मेरे लिए अविश्वसनीय और अकल्पनीय था। मैंने देखा दो दुबली कच्ची बाजुएँ राधिका मनचंदा की नग्न छातियों के गिर्द लिपटी हुई हैं। मुझे उस दुबली बाँहों वाले का चेहरा देखने की कोई तलब न थी। मेरा दिल डूब रहा था।

मैं निष्प्राण क़दमों से सीढ़ियाँ उतरती हुई गुंजन के कमरे में जा पहुँची। वह गहरी नींद में था। उसके होंठों पर बड़ी प्यारी मुस्कान थी जैसे कोई मीठा

सपना देख रहा हो। मेरी आँखों से अविरल गिरते आँसू गुंजन की ओढ़ी हुई चादर में जज़्ब होने लगे। मुझे लगा वह नवजात शिशु बन जाए और मैं उसे फिर अपने गर्भ में छिपा लूँ।

दो दिनों के बाद शेखर, अंतरा और गुंजन ने यक़ीन न क़र पाने वाली आँखों से देखा जब राजमिस्त्री ने फीते से नाप-जोख करते हुए पूछा,

"एक रोशनदान की जगह छोड़ दूँ?"

मैंने गहरी साँस छोड़ी जो एक अर्से से रुकी हुई थी और बिना एक पल सोचे कहा, "नहीं। एक सुराख़ भी नहीं।"

खजुराहो

आज फिर एक भावभीना ख़त अनिकेत के नाम था। खजुराहो के पिक्चर पोस्टकार्ड पर किसी ने बहुत ही सधे हुए सुथरे शब्दों में लिखा था- 'अनिकेत आपका खजुराहो अद्‌भुत है, पढ़कर अपने-आपको पा गई। मुझे ज़रा भी हैरत नहीं कि मुझे आपसे प्रेम है मगर खेद है कि मानसी की तरह आपसे प्रेम नहीं कर सकती। मेरे मन के खजुराहो में आप हमेशा रहते हैं।

आपके खजुराहो की मानसी।'

बीच की इबारत को लिखकर कुछ इस तरह काटा गया कि काटे हुए को ही सबसे पहले पढ़ा जाए। लिखने वाली ने अपना नाम नहीं लिखा था। पीछे जबलपुर का कोई पता था और उसके नीचे ईमेल का पता।

सुनयना फिर अव्यवस्थित हो चली थी। कई रोज़ से शांत पड़े मन के रेगिस्तान में फिर संशयों के बवंडर उठने लगे थे।

फिर एक असुरक्षा। जद्‌दोजहद। कुंठा।

"उफ़्फ़, एब्सर्ड!" वह ख़ुद से बड़बड़ाई।

ये वाहियात औरतें जाने कैसे किसी भी खाँचे में अपने-आपको फिट कर लेती हैं! कैसे किसी क़िस्से-कहानी में ख़ुद को ढूँढ़ लेती हैं! कैसे कोई कविता-कहानी उन्हें अपनी जान पड़ती है!

हुँह! दूसरों के मर्म को किस क़दर छलते हैं अनिकेत। छद्‌म और भ्रम

का कैसा जाल बुनते हैं कि फेंकते ही फँतासियों के समंदर में तैरती सुनहरी मछलियाँ फँसकर छटपटाने लगती हैं। भला कभी कोई जान भी पाएगा कि यह शब्दों का जादूगर अपनी असल ज़िंदगी में कितना क्रूर, कितना निर्मम, कितना ख़ुदग़र्ज़ है। आधी रात जिस समय उनके आत्मीय स्पर्श के लिए उसका शरीर और मन करवटें बदलते हैं, वे बड़े यत्नों के साथ बेफ़िक्र अपनी कल्पनाओं से कोई सुगंधा, अनामिका या मानसी गढ़ रहे होते हैं। अपने किरदारों की कृत्रिम संवेदनाओं को गहरे छू जाने वाले किसी क़िस्से में उतार रहे होते हैं, अपनी ख़ुद की पत्नी की संवेदनाओं और चाहनाओं से नितांत बेख़बर। और दंभ दुनिया भर की औरतों को जान लेने का। अपने काल्पनिक पात्रों की अनुभूतियों को महसूसते हुए उनकी ख़ुद की अनुभूतियाँ भोथर हो चली हैं। अगर वह अनिकेत की पत्नी न होती तो शायद इन्हीं मूर्ख औरतों में से ही एक होती।

किंचित आक्रोश से ही उसने ख़त को चिंदी-चिंदी कर रद्दी की टोकरी में उछाल दिया। बहुत सारे छोटे टुकड़े पंखे की हवा से छितराकर आशंकाओं और अवसाद की तरह उसके गिर्द बिखर गए। आलीशान सुसज्जित लिविंगरूम में भाँय-भाँय करता अकेलापन धीरे-धीरे उसके अंदर विस्तार ले रहा था। वह सोचने लगी अपनी जड़ों को भीतर गहरे और दूर तक फैलाकर कोई दरख़्त अपनी जगह खड़ा रहता है। जड़ें कहाँ तक फैली हैं दरख़्त को भी क्या इसकी ख़बर होती होगी! उसकी शाखाएँ कितनी चिड़ियों का बसेरा होती हैं इससे उसे कोई प्रयोजन होता होगा! अनिकेत शायद एक दरख़्त ही हैं। आते-जाते कोई उनकी छाँह में ठहर जाता होगा। इससे उन्हें कोई फ़र्क़ पड़ता है क्या? यूँ बेचैनियाँ और उदासी बाँटना उनके लिए एक खेल है। महज़ एक शग़ल। उसे लगता है क़िस्से-कहानियाँ लिखना एक छल और छद्म है। अनिकेत इसके सिवा कुछ और भी कर सकते थे। और कुछ पर कदाचित् उसे ऐतराज़ न होता। उसके अंदर गीली लकड़ी की तरह कुछ सुलगने लगा था।

आज फिर वह उनके और अपने दरमियान एक द्वंद्व निश्चित कर चुकी थी।

वह सोचों के भँवर में थी कि यकायक फ़ोन की घंटी बज उठी।

"हैलो!" लाइन पर काफ़ी शोर के बावजूद वह अनिकेत की आवाज़ की सुरक्षित और परिचित नरमाई को साफ़ पहचान पाती है।

"हाँ, नैना! सात बजे तैयार रहना। याद है ना?" उन्होंने कुछ इस अंदाज़ में कहा जैसे कि वे बहुत जल्दी में हों।

"नहीं याद।" एक कतिपय तल्ख़ी उसके लहज़े में ख़ुद-ब-ख़ुद उतर आई।

"अरे कैसी भुलक्कड़ हो, रात बताया तो था।"

"मेरा जाना ज़रूरी है?"

"हाँ भई, ऐसे जलसों में बीवी के बिना। समझा करो।"

उसका मन कसैला-सा हो उठा। क्या पत्नी उनके लिए सचमुच इतने मान की चीज़ है?

इस बार उसके स्वर में विद्रोह स्पष्ट छलक उठा था।

"मन नहीं है। आप अकेले हो आओ।"

फिर अपने मन के आलसपन के संदर्भ में पिछले तमाम युद्धों को सोचकर वह किंचित घबरा उठी कि अब अनिकेत कहेंगे, "तुम अपने मन का कुछ करती क्यों नहीं? साल के साढ़े ग्यारह महीने बेचारा ख़राब ही रहता है।"

"हलो... हलो... अब तुम्हारे मन को क्या हुआ। तबियत तो ठीक है ना?" अनिकेत ने अपेक्षाकृत तेज़ आवाज़ में कहा। कुलबुलाती जिज्ञासा में चिंता या झल्लाहट जैसा कुछ था शायद।

वह सिमट गई।

"कुछ नहीं। बस यूँ ही ज़रा-सा..."

वे उसकी बात पूरी सुने बिना ही उकताए से बोले,

"अच्छा फिर ड्राइवर भेज दूँगा। ठीक सात बजे, याद से। बाय।"

वह चुप रही। दरअसल, उसकी चुप्पी विरोध प्रकट करने का एक बेहद आलसी और लचर तरीक़ा है और शायद बहुत हद तक नाकारगर भी। क्योंकि बिना हाँ-ना सुने अनिकेत फ़ोन रख चुके थे।

पाँच बजने को थे। सहसा शाम की पार्टी में कपड़ों के चयन को लेकर वह कुछ उत्सुक हुई। अनिकेत को नीला रंग पसंद है। उसने अपना बोझिल मन ड्रेसिंग टेबल पर पटक दिया।

पार्टी एक भव्य बंगले के बड़े से लॉन में थी। बंगले की चहारदीवारी बोगनवेलिया की बाड़ से घिरी थी। उसके आगे हेज की छोटी फ़ेंस जिस पर पर जलते-बुझते बल्ब समाँ बाँध रहे थे। गमलों में पिटूनिया, पैंजी, गुलाब और बहुत तरह के फूल खिले थे।

सब कुछ बिलकुल वैसा ही, जैसा अपेक्षित था। पार्टी ख़ासी बड़ी और औपचारिक लगती थी। शुक्र है! सुनयना को थोड़ी राहत मिली। आजकल औपचारिक होना ही उसे ज़्यादा सहज लगता है। वर्ना तो वही, बातों का सूत्र तलाशने की विकट उलझनें। नए लोगों से बड़ी-सी मुस्कराहट लेकर बेतकल्लुफ़ी से गले लग जाना, बेबाकी से आलिंगन में ले लेना, गाल से गाल सटाकर हवा में चुंबन उछाल देना और ऐसा दिखावा करना कि अमुक व्यक्ति को सामने पाकर उसकी ख़ुशी का पारावार नहीं। सब कितना मुश्किल है। क्या वह अंतर्मुखी होने लगी है या वह भद्र लोगों से मिलने के तौर-तरीक़े भूल गई है।

हटती-जुटती भीड़ में तमाम तरह के लोग थे। लेखक, प्रकाशक, संपादक, आलोचक, नेता, अभिनेता, पत्रकार, फ़िल्मकार। सब-के-सब अधिक-से-अधिक निगाहों में अपनी हाज़िरी दर्ज कराने को तत्पर। शोरगुल के बीच दबी आवाज़ में कोई ग़ज़ल बज रही थी। उसे लगा जैसे कोई गला भींचकर रो रहा है। वह अनिकेत के साथ ख़ाली और बिलकुल फ़ालतू-सी खड़ी सोच रही थी कि लेखक और दार्शनिक ऐसी महान और ज्ञानभरी बातें करते हैं जिन्हें वे ख़ुद भी नहीं समझ पाते। अंट-बंट जो जी में आए कहते और लिखते हैं। पैदा हुआ आदमी पैदा नहीं हुआ, मरा हुआ आदमी मरा नहीं! प्रेम सिर्फ़ सम्मोहन है और दुःख सचमुच कुछ होता ही नहीं। हवा के दरवाज़ों पर दस्तकें और और दरख़्तों से गुफ़्तगू। लहरों का राग और सन्नाटों का संगीत। ये कैसी कुफ़्त भरी बातें हैं जिनका कोई सार नहीं! उसे खोखले शब्दों की भूल-भुलैया में भटक जाना अच्छा नहीं लगता। किसी

बात को शब्दों का भारी-भरकम गिलाफ़ पहनाने के बजाय सरलता से ही क्यों न कह दिया जाए!

यकायक ही अनिकेत पर ख़ुशामदों के चौतरफ़ा प्रहार होने लगे। वह सहमकर एक ओर सिमट गई।

"अरे प्रोफ़ेसर साहेब कहाँ छिपे थे! आप तो, वो क्या नाम है ईद का चाँद हो गए। आख़िर आप जैसों की वजह से ही तो ये सारे जश्न हैं। आपने तो जी सबकी छुट्टी कर दी।"

"अजी आजकल तो जहाँ देखो बस खजुराहो की धूम है। पद्मश्री पक्की समझो।"

"अबकी क्या देंगे फ़िलॉसफ़र साहब?" अनिकेत अपनी शालीन और दिलकश मुस्कराहट से सबका स्वागत कर रहे थे। एक बहुत भड़कीले कपड़ों वाली औरत ने उन्हें गले लगाया और हद दर्जे की ढिठाई से उनका हाथ दबाकर कहा, "जादूगर।"

कभी-कभी उसे लगता है ख़ुशामदें, तारीफ़ें उन्हें लुभा नहीं पातीं। वे इन सबके अभ्यस्त हो गए हैं। उसने उमड़ती हुई उबासी को जबरन जबड़ों में भींचकर कनखियों से उन्हें ताका, ऑटोग्राफ़ बुक पर हस्ताक्षर करते हुए अनिकेत एकदम सहज, संयत और संतुलित थे। कुछ लोग कितनी आसानी से सब कुछ निभा लेते हैं। अनिकेत के पास उससे अतिरिक्त बहुत गुण हैं। मगर वह अतिरिक्त गुण जाने उसमें क्यों नहीं। वह पता नहीं यहाँ किसलिए चली आई। इतनी अनुपस्थित उपस्थिति! अगर न भी आती तो अनिकेत को क्या फ़र्क़ पड़ने वाला था!

झक्क सफ़ेद क़मीज़ पर सुर्ख़ टाई लगाए बैरे ड्रिंक्स परोसते हुए घूम रहे थे। ज़्यादातर हाथों में शराब के गिलास थे। अनिकेत पार्टी में दो पेग से ज़्यादा नहीं लेते। उसने उन्हें कभी बहकते नहीं देखा। तभी पीछे से सिल्क के क़ुर्ते वाले एक देखे-भाले से आदमी ने बड़ी गर्मजोशी से अनिकेत की कोली भर ली। अनिकेत भी उससे मिलकर उत्साहित लग रहे थे। क़ुर्ते वाले आदमी ने आवाज़ देकर बैरे को कोई निर्देश दिया। अनिकेत कह रहे थे, "बस भई, अपना कोटा तो पूरा हो गया।"

"एक पेग पुरानी यारी के नाम सही स्कॉलर।"

उसने बड़े इसरार से अनिकेत को गिलास थमाकर कहा।

"बिहेव लाइक अ राइटर। कलाकारों को ऐब करना सूट करता है।"

वह अचकचाकर उसे देखने लगी। इस बात का भी भला कोई मतलब हुआ! कलाकार न हुआ छुट्टा साँड़ हो गया। जाने कैसा बेहूदा आदमी है, ऐब करने का परमिट बाँट रहा है।

"नमस्कार भाभीजी। कैसे मुरझा रही हैं?"

वह संदिग्ध निगाहों से उसे देखकर मुस्कराया।

सुनयना सोचने लगी इस अजीब से आदमी ने उसे खिले हुए कब देख लिया।

"मुझे आपका नाम याद नहीं।"

उसने अनमनेपन से हाथ जोड़ दिए और वहाँ से निकल जाने की सोचने लगी।

"जाने दीजिए नाम में क्या धरा है। सूरत तो याद है ना?"

वह खिसियाना-सा हँसकर बोला।

"क्या अनिकेत यार, तुम भी बस्स हर वक़्त काग़ज़-क़लम। जलसे गोष्ठी। कुछ मौज़-मज़ा करो। न हो तो भाभीजी को खजुराहो ही घुमा दो।" इस भौंडी सहानुभूति के समर्थन में अनिकेत का ठठाकर हँसना उसे बड़ा लिजलिजा लगा था। वह सिकुड़-सी गई।

पार्टी अपने चरम पर थी। सब तरफ़ खुशामदें, फ़लसफ़े, ठहाके और रबड़-सी खिंचती बहसें। मुद्दों पर मुद्दे उछल रहे थे। जैसे वह किसी वाद-विवाद प्रतियोगिता में चली आई है। जो बातें बहसतलब नहीं उन पर भी बहस। भीड़ की एक लहर-सी आई और अनिकेत को अपने साथ बहा ले गई।

अब वह अकेली थी। अपने कमरे के एकांत से कहीं ज़्यादा अकेली। उसकी आँखें तत्परता से किसी सुरक्षित कोने को तलाशने लगीं। वह टहलते हुए लॉन के बीचो-बीच बने फ़ाउंटेन पूल पर पहुँच गई। वृत्ताकार फ़व्वारे के ठीक बीच में एक अर्धनग्न औरत की प्रतिमा थी। जिसके घड़े से पानी की

मोटी और तेज़ धार लगातार गिर रही थी। वह पानी में छोटे-छोटे ढेरों दायरे बनाती हुई रंगीन रौशनियों को देखने लगी। उसका मन हुआ अपनी ऊँची सैंडिलों को कोने में उछाल दे और अपनी नीली रेशमी साड़ी को पिंडलियों से ऊपर तक चढ़ाकर हौज़ में उतर जाए। पार्टी की चकाचौंध से मुक्त यह जगह उसे अच्छी लगी। लॉन में मुलायम हरी दूब का गलीचा-सा बिछा था। उसका जी हो रहा था वह इस नरम दूब पर नंगे पाँव चलती रहे और जब थक जाए तो चित लेट जाए। वह हवा से झूमते मोरपंखी की पत्तियों को छेड़ने लगी।

"हैल्लो सुनयना जी।"

वह अपना नाम सुनकर चौंक गई। उसने पलटकर देखा।

"तो आप हैं सर की इन्सिपिरेशन!"

एक खिलखिलाती-सी ख़ूबसूरत लड़की बरबस ही उसके नज़दीक आ खड़ी हुई थी।

"मैं भी तो कहूँ, कोई ऐसे कैसे लिख देगा मानसी को! हर सफल आदमी के पीछे एक औरत होती है।" कानों में जैसे जलतरंग बज उठी हो। वह पंखे की हवा के ज़ोर से फड़फड़ाते लापरवाह नीले दुपट्टे को समेटकर हँसने लगी। अपने बीस-इक्कीस साल के बिंदास खिलंदड़पन से भरी-सी।

जाने क्यों वह झेंपने लगी थी। वह कहना चाहती थी,

"मगर अनिकेत की सफलता के पीछे कोई एक औरत नहीं।" सुबह चिंदी-चिंदी करके उड़ाया वो ख़त उसे फिर याद आ गया। वह अप्रतिभ हो उठी। एकबारगी उसने कतराकर वहाँ से निकल जाना चाहा, किंतु लड़की उसी तन्मयता से बोल रही थी। बिना विराम लिए, बेझिझक। वह कुछ देर पहले ही मिली थी और कैसे तपाक् से बातें कर रही थी।

फिर उसने बड़ी आत्मीयता से उसके दोनों हाथों को अपनी गुलाबी हथेलियों में थाम लिया।

"ओह खजुराहो! कितनी बार पढ़ा मैंने। हर बार नया। रियली। क्या लिखते हैं अनिकेत सर!"

दूर खड़े अनिकेत को उसने यूँ देखा मानो अपनी श्रद्धा के कोमल पंखों से उन्हें छू लेना चाहती हो।

"यक़ीन नहीं होता, औरत के मन को कोई पुरुष इतनी कुशलता से पकड़ सकता है!"

वह अनमनी-सी हो उठी। काश! इतने ही विश्वास से वह भी ऐसा कह पाती।

लड़की ने अदब से पूछा, "आऽऽप कॉफ़ी लेंगी?"

"अ...हाँ। ज़रूर।" वह शायद वहाँ उपस्थित नहीं थी।

"एक्चुअली, सर को तो चाय की आदत है ना। मैंने सोचा कहीं आप भी..."

एक साथ बहुत सारा कुछ घुमड़कर उसके अंदर उठा था। मगर क्या वह ख़ुद भी नहीं पहचान पाई।

जलसे की असहनीय घुटन से बाहर मुक्त हवा में उसने खुलकर एक लंबी साँस ली। हालाँकि, हवा में न ठंडक थी न तपिश। मगर ताज़गी ज़रूर थी। वह थकी-सी आरामदेह सीट पर लगभग ढह गई। अनिकेत क़मीज़ की आस्तीनें कुहनियों पर चढ़ाकर अपनी हमेशा की मुस्तैद एकाग्रता से गाड़ी चला रहे थे।

"बहुत थक गई ना?" उन्होंने धीरे से उसके हाथ पर अपना हाथ रख दिया। उनकी आवाज़ में सुरूर का मामूली-सा भारीपन था। कितना अच्छा होता अगर वे नशे में धुत्त होकर अपने हवास खो देते। उस बहक में वह उनसे अपने मन की सब बातें कहती। अपने मन की दुर्बलताओं के इक़बालिया बयान करती। वर्ना तो जब वह अपने मन की बातें उनसे करती है तो वे आधी-अधूरी बात सुनकर उकताए से खड़े हो जाते हैं। यह सोचकर उसने रूखेपन से अपना हाथ खींच लिया। किंतु फिर अपने व्यवहार की रुखाई से शर्मिंदा होकर तुरंत ही कोमल लहज़े से बोली,

"थकी तो नहीं, मगर सब कुछ कितना उबाऊ था। है ना?"

"हमेशा ही होता है पर ये सब निबटाना भी ज़रूरी है।"

वे धीरे-धीरे उसके साझे के दायरे में सिमट रहे थे। वह सोचने लगी

क़ायदे से देखा जाए तो अनिकेत में कहानियाँ लिखने के सिवा और कोई ऐसा ऐब नहीं जिस पर वह हमेशा तन्नाई रहे।

हाथ छूट जाने पर भी उनके हाथ का नरम स्पर्श पीछे रह गया था। उस शेष स्पर्श को सोचना उसे भला लग रहा था।

"क्यों न कुछ दिनों के लिए कहीं बाहर घूम आएँ?" वह धीरे-धीरे खुल रही थी।

"ये अच्छा ख़्याल है।"

"मगर क्या आपके पास समय है?"

"क्यों नहीं। तुम्हारे लिए हमेशा है। मैंने तुम्हें ना कब कहा?"

वो कोई गीत गुनगुनाते हुए बोले, "अच्छा बताओ कहाँ चलना है?"

उसने बिना विलंब कहा- "खजुराहो।"

अनिकेत ने चौंककर उसकी तरफ़ देखा। वे दोनों हँस पड़े।

उबड़-खाबड़ सड़क पर गाड़ी ज़रा धचकियाँ खाती बढ़ रही थी। धक्के-धचकियों के चलते वह उनके कुछ और क़रीब सरक आई। टेलकम पाउडर और उनकी अपनी मिली-जुली गंध। इतनी परिचित जितनी उसकी ख़ुद अपनी गंध। वह आँख मूँदकर जब चाहे उनकी इस गंध को महसूस कर सकती है। उसने एक भरपूर साँस ली और जिस्म को शिथिल छोड़ दिया। कितना अच्छा होता अगर उसका मन भी इस समय इतना ही उदार होता। जितना उसका जिस्म।

उसने उदार मन से जानना चाहा,

"आप इतनों के चहेते हैं और मैं एक आम-सी औरत आपको कभी इस बात पर शिकायत नहीं होती?"

अनिकेत ने उसकी तरफ़ प्रेम से देखा और मुस्कराकर कहा, "तुम आम औरत हो, मुझे तो नहीं लगता और हो भी तो शिकायत क्यों। आम लोग दुनिया के सबसे बेहतरीन लोग होते हैं। इसलिए गिनती में सबसे ज़्यादा हैं।"

उसे अनिकेत की ऐसी बातें अच्छी लगती हैं।

उसके अंदर जो एक हीनता थी वह तिरोहित होने लगी थी।

"अच्छा विशाखा कैसी लगी तुम्हें?" अनिकेत पूछ रहे थे।

"विशाखा!" उसने अपने को सतर्क होते पाया।

"वो नीले कपड़ों में। सुंदर, चुलबुली-सी।"

"ओह! हाँ। अच्छी थी।" ढीले पड़े पेशी तंतु पुनः ऐंठ गए।

"आर्ट डायरेक्टर है।" वे रहस्य भरे अंदाज़ से बोले, "गैंग रेप विक्टिम और ज़िंदादिली देखो उसकी! दूसरी कोई होती तो..."

वे एक पल को चुप होकर बोले,

"देखकर ताज्जुब होता है। हाऊ मच प्रेज़ेंटेबल एंड बैलेंस्ड! एवरीवन शुड लर्न द आर्ट ऑफ़ लिविंग फ्रॉम दैट गर्ल।"

यह उसकी मुर्दादिली को लेकर उनकी शिकायत थी या विशाखा के खिलंदड़ेपन में पनपता उनका एस्थेटिक सेंस!

या फिर...

वही डरावनी आशंकाएँ। वह क़यास लगाती है। उनकी अगली किरदार, अगली कहानी शायद वही हो। वह उनकी बातों के संदर्भ और मंतव्य ढूँढ़ने लगी।

उसने जाने क्यों कसकर अपनी आँखें मूँद ली।

फिर एक लंबी नश्तर-सी चुप्पी।

अनिकेत चुपचाप गाड़ी चलाते रहे। जैसे कुछ सोच रहे हों। रेड लाइट पर वाहनों की लंबी क़तार लगी थी। इसलिए उसे बड़े शहर बिलकुल अच्छे नहीं लगते।

गाड़ी के ए.सी. की ठंडक सीधे आँखों पर पड़ रही थी। उसे अपना सिर भारी होता महसूस हुआ। वह जल्दी से घर पहुँचकर शॉवर लेना चाहती थी। हाथ में कासा लिए एक फटेहाल औरत शीशे पर दस्तक देती हुई भीतर झाँक रही थी। उसने शीशा गिराकर पाँच रुपये का एक सिक्का भिखारिन के कासे में उछाल दिया। जाने कहाँ से कई और वैसी ही औरतें शीशे पर आ चिपटीं। उसने खिसियाई नज़र से अनिकेत को देखा और पुनः शीशा चढ़ा दिया। अनिकेत हँस रहे थे।

उसे बड़ी चिढ़ हुई, "आपको हँसी क्यों सूझ रही है?"

"तुम्हारी इस छिछली दया और उदारता को सोचकर। ये कितनी बेमानी है।" अनिकेत फिर हँसने लगे।

उसे बुरा लगा। उसकी हर बात बेमानी है। इस आत्ममुग्ध आदमी से उसे बात भी क्यों करनी चाहिए!

अनिकेत ने आदतन सिगरेट सुलगा ली। उनका यूँ सिगरेट फूँकना उसे क़तई पसंद नहीं। लेकिन इस ख़ुदग़र्ज़ आदमी को उसकी पसंद-नापसंद का ख़्याल ही कब है। वह ग़ुस्साई-सी डैश-बोर्ड पर रखे म्यूज़िकल लाइटर को ख़्वाहमख़्वाह ही जलाने बुझाने लगी। अनिकेत ने एक लंबा कश खींचा और धुआँ उगल दिया। बंद गाड़ी में उगला हुआ धुआँ उसके अंदर धसक उठा। उसे ज़ोरदार खाँसी और उबकाई आने लगी। खाँसते-खाँसते आँख-मुँह सब लाल हो आए। घबराकर अनिकेत ने तेज़ी से गाड़ी के शीशे गिरा दिए।

"तुम भी ना। कभी कहा नहीं सिगरेट से तुम्हें इतनी दिक़्क़त होती है।" उनका स्वर माफ़ी माँगता हुआ-सा था।

"कहा होता तो छोड़ देते?"

"मादाम, आपका कहा सब मंजूर। कहकर तो देखो।"

"अच्छा, तो फिर कहानियाँ लिखना छोड़ दो।"

"क्या?"

क्षण भर को उनकी भँवों पर आ बैठी हैरानगी और आक्रोश लाड़ भरी मसख़री में बदल गया। वे उसकी पीठ पर एक नर्म धौल जमाकर हँस पड़े।

"धत्त! पागल लड़की।"

जान-बूझकर या बेख़्याली में आज युद्ध की हर संभावना को वे बुझा रहे थे।

दिन-भर की तल्ख़ी अब उनके दरमियान शयनकक्ष में भी व्याप्त थी। अनिकेत ताज़ा-तरीन होकर सिर्फ़ तौलिया बाँधकर मेज़ पर आ जमे थे। अब कम-से-कम घंटा भर वे लैपटॉप में उलझे रहेंगे और सोने से पहले अपनी डायरी के पन्ने पर कुछ अजीब-सी बातें लिखेंगे, जो किसी आम डायरी की तरह बिलकुल नहीं होंगी। ख़ूब माथापच्ची करके भी उसके पल्ले कुछ न

पड़ेगा। उनके लिए सुबह की सैर, खाना, लिखना, सोना, जागना सब एक रूटीन की तरह है। वह रिक्त-सी सामने फैले पलंग के समूचे विस्तार को घूरने लगी। आख़िर क्यों चाहिए उसे ये स्वार्थी और क्रूर आदमी? वह इस घुटन से कहीं दूर चली जाना चाहती है।

"सोच रही हूँ। कहीं हो आऊँ।"

अनिकेत नितांत व्यस्त भाव से 'की बोर्ड' पर अपनी उँगलिया चला रहे थे।

"कहीं मतलब, अपने घर?"

"शायद।" वह कातर हो उठी। यानी यह उसका घर नहीं।

"क्या करोगी जाकर?"

"यहाँ भी क्या करती हूँ?"

"ख़ैर, तुम्हारी मर्ज़ी। कब जाना है?"

उसे किसी रुमानी मनुहार से लबरेज़ इनकार की अपेक्षा थी। वह बुझ गई। वह इतनी ग़ैर-ज़रूरी है!

"नहीं जाना।"

अनिकेत की आँखों में तृप्ति-सा कुछ झलका था शायद। वे मुस्कराकर मेज़ पर रखे काग़ज़ों को उलटने-पलटने लगे। बेकार ही वह टी.वी. के रिमोट पर चैनल पर चैनल बदलती रही। कहीं कुछ भी ऐसा नहीं जो मज़ेदार लगता। रात बारह के बाद ज़्यादातर जगह दुबले होने के आयासहीन तरीक़ों से भरे विज्ञापन आ रहे थे। वह टी.वी. बंद करके खिड़की पर जा खड़ी हुई।

अनिकेत लैपटॉप पर आँखें जमाए हुए भी जैसे कमरे की एक-एक हरकत से जुड़े थे।

"सोई नहीं?"

"नींद नहीं आई।" सचमुच ही गाड़ी में बैठे हुए जोड़-जोड़ में उमड़ती नींद न जाने कहाँ ग़ायब थी।

"नींद क्यों नहीं आई?" अनिकेत बिना देखे ही पूछ रहे थे।

"क्यों नहीं का क्या मतलब? आपको भी तो नहीं आई!"

"अच्छा तो तुम्हारे हिसाब से इनसोमनिया भी कोई संक्रमण है?" अनिकेत ने हँसकर कहा।

"हाँ है। मगर ये आप नहीं समझेंगे।"

"तो तुम ही समझा दो।"

वह चुप रही। क्या समझाए, समझाना उसे आता ही नहीं।

अपने काम में कुछ देर और लिप्त रहने के लिए अनिकेत चाय की प्याली तैयार कर लाए थे।

"तुम लोगी?"

उसने ना में गर्दन हिला दी।

वे चाय की चुस्कियों के साथ दोबारा अपने काम में जुट गए।

वह अनिकेत की नंगी पीठ को घूरने लगी। उसे लगा उन्हें पीछे से पकड़कर वह उनकी पीठ पर अपना गाल टिका दे। अपने लंबे नाख़ूनों से खुरचकर उनकी पीठ पर अपना नाम लिख दे कि सावधान रहो लड़कियो, यहाँ प्रवेश निषेध है। यह आदमी और किसी के लिए नहीं। उनकी पीठ को घूरते हुए वह सोच रही थी बस रात भर के लिए वह अगर एक आदिम जंगली औरत हो जाए तो...

जाने कैसा लगेगा अनिकेत को! सकपकाकर उसने उनकी पीठ से अपनी आँखें हटा लीं।

अनिकेत ने पूछा, "क्या सोच रही हो क्लियोपेट्रा?"

"यही कि हम खजुराहो कब चलेंगे।"

"बस्स दस मिनट के बाद।" अनिकेत ने शरारतन उसकी आँखों में झाँका तो उसके भीतर कुछ बिदक गया। उसे सो जाना चाहिए। उसने ड्रेसिंग टेबल पर रखे बॉक्स में से एक डॉक्सेपिन गिलास भर पानी के साथ निगल ली। अनिकेत काग़ज़ों का पुलिंदा दराज़ में सरकाकर बिस्तर पर उसके नज़दीक पसर गए। वह छत को घूरती हुई लस्त पड़ी रही। नाइट बल्ब के नीलेपन को देखकर न जाने क्यों विशाखा का नीला दुपट्टा आँखों में फड़फड़ाने लगा था। क्या चीज़ों को घटनाओं के सही परिप्रेक्ष्य में देखने की उसकी क्षमता चुक गई है?

"नाराज़ हो?" अनिकेत धीमे-धीमे उसके बालों को सहला रहे थे। उसने तकिये में अपना मुँह गड़ा लिया। उनके इस तरह छूने से उसके मन की गाँठें ढीली होने लगी थी।

"सो गईं?"

वह चुप पड़ी रही। इतनी रात गए उसे भला और क्या करना चाहिए!

अनिकेत ने उसे बाँह पकड़कर अपनी तरफ़ मोड़ लिया। वह काफ़ी स्पष्ट अनिच्छा से पलटी थी।

"क्यों सारा दिन इतना ऊल-जुलूल सोचती हो। तुम ताज़िंदगी ऐसी ही रहने वाली हो?"

यक्ष प्रश्न जिसका सामना वह अक्सर करती है।

"ऐसी मतलब?"

"इतनी कॉम्प्लिकेटेड। हमेशा डरी हुई-सी। इतने सारे डर लेकर तुम कैसे जी पाती हो?"

"एक बात पूछूँ?"

"दस पूछो।"

"क्या आपको मुझसे प्रेम है?"

"तुम्हें इस पर संदेह है?"

"सवाल पर सवाल नहीं। हाँ या ना कहिए।"

उन्होंने उसे बाँहों में भर लिया।

"हाँ। मगर किसी को छुए बिना प्रेम कैसे किया जाता है, मैं नहीं जानता।"

उनकी साँसों का गर्म छपका उसकी गर्दन को छूने लगा था।

वह जानती थी अब दिन भर की तल्ख़ी के बावजूद वे कैसे भी बहलाकर उसे... और वह ख़ुद न चाहते हुए भी शायद...

उसके अंतस में तेज़ाब-सा जलने लगा।

उफ़्फ़! ये शातिर आदमी रोज़ कितनी ख़ूबी से प्रयोग करता है उसे। वह चौकन्नी हो उठी। आज किसी ढब उसे यह पराजय स्वीकार नहीं। आनन-फ़ानन उनके हाथ को एक रौद्र झटके से फेंक वह उठ खड़ी हुई।

"डोन्ट। मैं आपकी कहानी की कोई किरदार नहीं कि आपके मन मुताबिक़ रहूँ। आई डोन्ट मूव बाई योर थॉट्स एंड एक्शन्स।"

पहली बार अपने शरीर के पक्ष में उसने इतना स्पष्ट विरोध किया था। इस उग्र प्रतिक्रिया के लिए अनिकेत क़तई प्रस्तुत नहीं थे। अपमान के दंश से स्तब्ध, अवाक् वे निर्जीव पड़े थे।

"तुमने आख़िर मुझसे शादी क्यों की?"

"कम-अज़-कम इसलिए तो हरगिज़ नहीं।"

वह बेहद अभद्र कुछ कहना चाहती थी। किंतु अचानक जैसे किसी ने चौराहे पर उसके तमाम कपड़े खींच लिए हों।

क्रोध से काँपते अनिकेत शायद जीवन में पहली बार उस पर अपनी पूरी शक्ति से चिल्लाए थे। उन्होंने उसे क्रुद्ध धक्के से बिस्तर पर पटक दिया।

"डैम इट। तुम ज़ाहिल औरतों का ये कॉम्प्लेक्स..! क्या समझती हो ये सब सिर्फ़ मेरी ज़रूरत है? डू यू थिंक आई कान्ट रीड योर रैशनेस?" बोलते-बोलते उनका चेहरा भभकने लगा था।

वह सकते में थी।

उसका समूचा वजूद थरथराने लगा।

हे ईश्वर! वह तो आज तक अपने इसी हथियार को उठाए उनके ख़िलाफ़...

उसने ख़ुद को अपने ही भीतर दुबकते पाया।

अनिकेत तकिया और चादर उठाकर घृणा से बोले,

"और जान लो खजुराहो तुम जैसी मूर्ख और कमज़र्फ़ औरतों के लिए बिलकुल नहीं। समझी?"

उनकी आँखों से चिंगारियाँ फूट रही थीं। दरवाज़ा भड़ाक से चौखट पर मारकर उफनते हुए वे कमरे से बाहर हो गए।

लकवा मारे किसी लोथ की तरह वह बिस्तर पर निस्पंद पड़ी थी।

चिड़िया उड़

वे दोनों बेंच के दो छोर पर थीं। उनके दरमियान इतना फ़ासला था कि उस बचे हुए फ़ासले में दो और लोग पूरे इत्मिनान के साथ बैठ सकते थे।

दोनों अपनी बारी के इंतज़ार में थीं कि कब उनके नाम की पुकार हो और वे यहाँ से निबटकर अपनी दिनचर्या में लौट जाएँ। इस इंतज़ार में एक ऊब थी। उस ऊब में एक बेचैनी और बेचैनी में कुछ अजीब हरकतें।

पहली औरत दीवारों पर लगी लिखावटों में उलझी थी।

''यह एक विडंबना है कि आपके दु:ख और कष्टों में मेरी जीविका है।''

वह सोच रही थी एक की पीड़ा और दूसरे की तुष्टि का यह खेल सचमुच कितना अजीब है।

अपनी बोरियत में वह अपने काले सुनहरी मोतियों वाले दुलड़िया मंगलसूत्र को अपनी तर्जनी पर लपेटती और फिर खोल देती। कभी अपनी टाँग पर टाँग चढ़ाकर बैठ जाती। कभी अपनी उँगलियों में उँगलिया फँसाकर। कभी ठोड़ी को हथेली पर पसारकर कुहनी को बेंच के हत्थे पर टिका देती और कभी अपनी जाँघ पर।

इसी तरह दूसरी औरत उस ऊब से बचने को बेकार ही अपने हैंडबैग में कुछ टटोलने लगती और फिर सिर पर सवार सनग्लासेज़ को उतारकर उसकी

कमानियों के कोने होंठों में दबा लेती। वह औरत दीवार पर लगे गोल-मटोल शिशुओं की मनभावन तस्वीरों को बड़ी हसरतों से देख रही थी।

पहली औरत इसलिए पहली थी क्योंकि वह पहले यहाँ आई थी। दूसरी उसके कुछ मिनटों के बाद। वे दोनों हर लिहाज़ से एक-दूसरे से जुदा लगती थीं। पहली औरत पैंतीस-छत्तीस के आस-पास की थी। दूसरी तक़रीबन सत्ताईस-अट्ठाइस की। पहली औरत दरमियाने क़द, कुछ माँसल और भरे बदन की थी। दूसरी लंबी और इकहरी। पहली औरत का रंग ख़ूब साफ़ और नयन-नक़्श औसत थे। दूसरी थोड़े दबे रंग मगर तीखे नक़्श की थी। पहली औरत में बनाव-शृंगार के प्रति कोई आसक्ति नज़र नहीं आती थी। उसके लिबास में सादापन था। दूसरी सँवरना जानती थी। वह आधुनिक और फ़ैशनपरस्त थी।

उन दोनों में सचमुच कुछ एक-सा न था अलावा इसके कि दोनों की आँखों में एक दारुण उदासी थी। दोनों में ज़िंदगी का कोई ज़रूरी टुकड़ा मर गया-सा लगता था। दोनों के अंदर अपनी अधूरी कामनाओं का कोलाहल था।

उन दोनों के नज़रिये भी अलग जान पड़ते थे क्योंकि उनकी नज़रें फ़र्क़ चीज़ों पर थीं। पहली औरत कोने में रखे एक्वेरियम को ताक रही थी। जिसकी तलहटी पर रंगीन कंकड़ बिछे थे। कुछ मछलियाँ उन कंकड़ों पर पड़ी थीं कुछ सतह पर तैर रही थीं। नारंगी सफ़ेद 'क्लोनफ़िश' इधर से उधर बदहवास दौड़ रही थी। जैसे अपने छूट चुके समंदर को उस एक्वेरियम में तलाश रही हो। बदहवास दौड़ती मछली की जिजीविषा पर उसे हैरानी हुई।

वह खिड़की से बाहर खुले आसमान को झाँकने लगी। आसमान को ताकते हुए उसे हमेशा लगता है कि उसको पंख उगने लगे हैं।

दूसरी औरत एक बड़े गुलदान में लगे फूलों को निहार रही थी। उसकी नज़र नन्हे बच्चों को पुचकारती और दूध पिलाती माँओं पर भी थी। वह क़ुदरत के करिश्मे पर अचंभित थी कि कैसे माँ के भीतर एक जान साँस लेती होगी!

थोड़ी देर बाद उनके बीच की ख़ाली जगह की दावेदारी को दो और

औरतें वहाँ खड़ी थीं। उनमें एक पचास पार की थी और एक नई ब्याहता युवती। पचास पार की औरत के चेहरे पर कठोरता और रुआब था। युवती के चेहरे पर सहम और शंका।

उन्हें देखकर दूसरी औरत को जाने क्या हुआ कि वह पहली औरत के क़रीब सरक आई। पचास पार की औरत अपनी धोती को जाँघों के बीच उड़सकर नई ब्याहता के साथ बची हुई जगह में बैठ गई। अब पहली औरत और दूसरी औरत के मध्य कोई अंतराल न था। दोनों ने एक-दूसरे को एक छोटी-सी मुस्कान दी जिसे महज़ वे दोनों ही देख सकती थीं।

पचास पार की औरत कुटिल और बातूनी थी। उसने दूसरी औरत को देखकर ओछी उत्सुकता से पूछा,

"पीली लग रही हो। कुछ है क्या?"

दूसरी औरत इस प्रश्न पर अकबका गई। कुछ देर को उसके माथे पर सलवटें ठहर गईं।

"जी।" उसने कहा और हैंडबैग की ज़िप में उलझ गई।

मगर फिर उस बातूनी औरत ने पूछा, "कै महीने हुए?"

"दो।" दूसरी औरत को उसकी यह आत्मीयता पकाऊ लग रही थी। मगर उस बातूनी औरत के सवालों के तीखे प्रहार लगातार जारी थे।

"शादी को कित्ता बखत हुआ?"

अबकी दूसरी औरत ने उसे नज़रअंदाज़ करते हुए सामने के मैगज़ीन होल्डर से एक मैगज़ीन खींच ली और ख़्वाहमख़्वाह ही पन्ने पलटने लगी।

पचास पार की औरत बतियाने को पहली औरत का मुँह देखने लगी। उसने अपने पास बैठी नई ब्याहता औरत को हेय दृष्टि से देखकर कहा,

"बहू को आए छै महीने हो गए। हर महीने आस रहती है।" वह कान में उँगली डालकर खुजाने लगी।

"हमारे टैम में तो साल पीछे गोद हरी। आजकल की लौंडियाँ जल्दी फँसना नई चाहतीं।"

पहली औरत ने भी उसे कोई सहमति न दी तो वह हारकर चुप हो गई।

नई ब्याहता सास की बेवजह की बक-बक पर झेंप रही थी।

सामने रिसेप्शनिस्ट की कमान एक साउथ इंडियन लड़की ने संभाल रखी थी। वह बहुत देर से किसी से फ़ोन पर मलयालम में बातें कर रही थी। चेहरे की अभिव्यक्ति से लग रहा था कि वह प्रेम भरी बातें कर रही थी। बीच-बीच में वो इंटरकॉम के बटन दबाकर कुछ कहती और वहाँ बैठे लोगों में से किसी का नाम पुकारती।

इस बार उसने फिर एक नाम पुकारा, ''प्रज्ञा सेठ।''

पहली औरत ने गहरे यक़ीन से दूसरी औरत के गले की चेन में इठलाते हुए दिल को देखा जिसके बीच अंग्रेज़ी का 'P' अक्षर खुदा था। दूसरी औरत उसकी इस हरकत पर मुस्कराने लगी।

''P फ़ॉर प्रणव और यह मेरा नाम नहीं।''

''ओह!'' पहली औरत ने अपनी फ़ालतू चतुराई पर झेंपते हुए कहा, ''मगर यह मेरा नाम हो सकता था। अगर यह मेरे गले में होता।''

दूसरी औरत ने सवालिया आँखों से देखा।

''पल्लवी।'' उसने साफ़ किया।

वे दोनों प्रगाढ़ होने लगीं। कई बार अपनत्व की गहराई परिचय की लंबाई पर निर्भर नहीं करती। दूसरी औरत ने उसके मंगलसूत्र को छूकर कहा, ''इसमें गुँथे सुनहरे मोती बहुत सुंदर हैं।''

''हाँ। मगर तुम्हारे इस P वाले लॉकेट जितने नहीं।''

दूसरी औरत ने अपने हैंडबैग से खट्टी-मीठी गोलियाँ निकालकर पहली औरत को दीं और ख़ुद भी मुँह में डाल ली।

''क्या करती हो?'' पहली औरत ने पूछा।

''फ़्लाइट अटेंडेंट हूँ।''

''एक्साइटिंग! मुझे आसमान अच्छा लगता है।'' पहली औरत ने उत्साह से कहा।

''पहले मुझे भी लगता था मगर अब ज़मीन अच्छी लगती है।'' उसकी आँखों में दूर तक एक सूनापन था।

''आप क्या करती हैं?''

"कुछ नहीं। बेकार हूँ। कभी प्रिंट जर्नलिस्ट थी।"

"अब क्यों नहीं?"

"प्राथमिकताएँ बदल गईं।" उसके खुरदुरे चेहरे पर अपनी बदली हुई प्राथमिकताओं का मलाल साफ़ दिख रहा था।

दूसरी औरत ने हुलसकर कहा, "घर, पति, बच्चे इन सबका होना कितना अच्छा है न?"

प्रत्युत्तर में पहली औरत ने कुछ न कहा। वह चुप नेपथ्य में घूरने लगी।

दूसरी औरत ने पूछा, "कितने बच्चे हैं?"

"दो बेटियाँ।"

बेटे की चाह में परिवार के दबाव में कराए कई गर्भपातों की बात वह छिपा गई।

दूसरी औरत ने पूछा, "यहाँ क्यों?"

"कन्सल्टेशन फ़ॉर अ सेफ़ कॉन्ट्रासेप्शन।"

"तुम? रूटीन चेकअप?" उसने पूछा।

"नहीं, अबार्शन।" दूसरी औरत के शब्दों में कंपन था।

"ओह! समझ गई। अभी बच्चा नहीं चाहिए। हाँ, जब तक न बँधो अच्छा है।"

"मैं बँधना चाहती हूँ।" वह बात का छोर यूँ पकड़ रही थी कि अगला छोर दिखाई नहीं दे रहा था। पहली औरत उसी छोर को ढूँढ़ रही थी।

"तो फिर?"

दूसरी औरत ने गहरे विषाद से कहा, "एक्चुअली आई डू नॉट हैव सोशल ऑर्डर टू बी अ मदर।"

वह बोले जा रही थी। पहली औरत चुप सुन रही थी।

"प्रणव को लगता है शादी का मतलब है आज़ादी का आधा और दायित्वों का दुगना हो जाना। वह अभी पिता और पति बनने के लिए तैयार नहीं।"

असल में उसके पीले चेहरे पर यह डर साफ़ नज़र आ रहा था कि उसका

प्रेमी इन रिश्तों के लिए कभी तैयार न होगा।

"और तुम क्या चाहती हो?" पहली औरत ने अपने दिल में उसके लिए हमदर्दी महसूस की।

"मुझे ठहराव चाहिए।"

"ठहराव एक ऊब है। ठहरे हुए पानी पर जमी बदबूदार काई की तरह।" पहली औरत ने कहीं खोई-सी आवाज़ में कहा।

"मगर बिना रिश्ते का प्यार एक बंजारापन है। इसमें मेरे पास ऐसा कुछ भी नहीं जिस पर टिप्प से उँगली रखकर कह सकूँ कि यह मेरा है।" कहते-कहते वह बहुत उदास हो गई।

"जाने क्यों अब मुझे उस पर भरोसा नहीं रहा।"

पहली औरत ने स्नेह भरे स्वर में कहा, "भरोसा करना अच्छा है। न करना और भी अच्छा।"

"हाँ। लेकिन मैं उससे इंतिहाई मोहब्बत करती हूँ। उसके बिना जीना कैसा होगा, सोचकर ही डर जाती हूँ।" फिर उसके शब्द चटखने लगे। वह इसके आगे कुछ न बोल सकी।

पहली औरत ने उसके हाथ थाम लिए और उसके हाथों को सहलाते हुए कहने लगी, "हम सब अपने वजूद की आज़ादी चाहते हैं मगर अपने बंधनों से प्यार करते हैं। डर को जीतने के लिए उस डर में कूद पड़ो।"

उसे याद था अपने छुटपन में वह अँधेरे से डरती थी। एक रात माँ ने उसे कबाड़ वाली अंधी कोठरी में मूँद दिया था।

अपनी नंगी आत्मा से किए क़बूलनामों के बाद दूसरी औरत को हल्का लग रहा था। मगर पहली औरत और बोझिल हो उठी थी। उसका मन बहुत कुछ कहने को था लेकिन उसे लगा फ़िलहाल उस औरत को वो सारी बातें अर्थहीन और बेमानी लगेंगी। वह कहना चाहती थी शादी एक अभीप्सित पिंजरा है जिसमें क़ैद दो लाचार लोग बस एक-दूसरे के संताप के दर्शक हैं।

रिसेप्शनिस्ट ने आवाज़ लगाई, "मेघना देशपांडेऽऽऽ।"

दूसरी औरत अंदर जाने के लिए खड़ी हो गई। उसे वैक्यूम एस्पिरेशन

के लिए ओ.टी. में जाना था। जाते हुए उसकी आँखों में दर्द करवटें ले रहा था और चेहरे पर कशाकशी थी। उसने पहली औरत को गले लगाया और आँखों में उमड़ आए आँसुओं को रूमाल में ज़ब्त कर लिया। पहली औरत ने उसकी गहरी धड़कन वाली उस अदम्य इच्छा को भाँप लिया जो सब कुछ से परे थी।

दोनों ने कहा, ''फिर मिलेंगे।''

फिर मिलना हफ़्तों बाद 'मॉर्निंग वॉक' पर हुआ। अलसुबह उस वक़्त जब हम अलसाए उठते हैं। बीती रात के किसी बुरे सपने की घबराहट या सुंदर सपने की धुँधली ख़ुमारी में मन आप ही हताश या रोमांचित होता है और हम उस धुँधलके को ख़ूब साफ़ करना चाहते हैं।

ख़ुशगवार ठंडी हवा थी। जैसे बरसात होने को हो। इस बार पहली औरत दूसरी थी और दूसरी औरत पहली।

''पल्लवी!''

पहली औरत ने उसे उसके नाम से बुलाया। उसे सुखद हैरानी हुई कि उसे उसका नाम याद था। वह भी उसे उतना ही हैरान करना चाहती थी।

''अब तुम कैसी हो मेघना?''

''बेहतर। अच्छा लगा तुम मिली।''

वे दोनों अपनी चप्पलें किनारे रखकर एक-दूसरे के निकट घास पर बैठ गईं।

''सुबह की सैर के लिए ये अच्छी जगह है। मैं अक्सर बच्चों को स्कूल बस पर चढ़ाकर यहाँ चली आती हूँ।''

''हाँ, मगर मैं पहली दफ़ा आई हूँ।'' पहली औरत घास के तिनके तोड़ती हुई बोली।

''अगले सप्ताह मेरी शादी है।''

''अच्छा! दूसरी औरत की आँखों में चौंक थी।

''क्या वो मान गया?''

''नहीं।''

उँगली में चाबी का छल्ला घुमाते हुए पहली औरत ने कहा,

''मैं अपनी इच्छा को न बदल पाई तो सोचा बंदा ही बदल लूँ।''

वह हँस रही थी लेकिन उसकी हँसी में बेदिली थी। हँसते-हँसते अपना चेहरा घुटनों में देकर वह सुबकने लगी।

''सब ख़त्म हो गया...''

दूसरी औरत ने उसका माथा चूमकर कहा,

''ये ख़त्म नहीं शुरुआत है। कैटरपिलर जिसे दुनिया का अंत समझता है असल में वो एक तितली होती हैं।''

अचानक ही बरसात होने लगी। दोनों औरतें बारिश की फुहारों में भीगने लगीं। पूरी तरह तरबतर हो जाने के बाद दोनों ने एक-दूसरे से गले मिलकर विदा ली। गले मिलते हुए पहली औरत ने देखा कि उस दूसरी औरत के गले में वो काले सुनहरे मोतियों वाला मंगलसूत्र न था। उसकी जगह सुनहरी चेन में एक गोले के बीच 'P' का लॉकेट बिंदास झूल रहा था।

विस्तृत रिश्तों की संक्षिप्त कहानियाँ

इन छोटे क़िस्सों को आप चाहें तो अलग-अलग पढ़ें। चाहें तो एक-दूसरे का हिस्सा मानकर। इससे इन क़िस्सों को कोई फ़र्क़ न पड़ेगा।

1

सुबह की मासूम धूप के एक टुकड़े के नीचे बालकनी में दो छोटे कबूतर पता नहीं कहाँ से आ बैठे थे।

उस अल्हड़ लड़की ने यह बात बड़ी ख़ुशी के साथ लड़के को बताई।

लड़के ने छेड़ की।

''फ़र्ज़ करो, एक मैं हूँ, एक तुम।''

वह बेलाग हँस पड़ी।

''दोनों एक से हैं। कैसे पता मैं कौन और तुम कौन?''

लड़का मुस्कराने लगा।

''बस्स इतनी-सी बात। जो बहुत गुटरगूँ करे वो तुम, और जो ख़ूब शरारतें वो मैं।''

लड़की ने शरमाकर कहा, ''शातिर लड़के। अब और कुछ न कहना।''

कुछ रोज़ बाद एक मनहूस सुबह उनमें से एक नहीं रहा।

वो ठंडे फ़र्श पर बेजान पड़ा था।

दूसरा चुप था।

लड़की का दिल धड़क उठा। उस धड़के के तले बहुत सारी फ़िक्र और उदासी थी। उसने बहुत बार अपने ईश्वर को याद किया।

उसे डर था कि वह शरारतों वाला कबूतर न हो।

2

बहारों के दिन थे।

चौदहवें चाँद की एक मख़मूर रात।

लड़का जोख़िम उठाकर अपनी छत को फाँदकर आया था। रात सफ़ेद चाँदनी में नहाई थी। ठंडी हवा उन्हें छू रही थी।

''तुम मुझसे कितना प्रेम करते हो?''

लड़का अचकचा गया। यही एक सवाल वह हर मुलाक़ात पर करती है। लड़के को फिर एक अलग वक्तव्य देना था।

लड़के ने वक़्त न लिया।

''जितने इस गुलमोहर पर पत्ते हैं।''

लड़की ख़ुश नहीं हुई।

''उँहूँ! ये सारे पत्ते पतझड़ के मौसम में न रहेंगे।''

उसने मचलकर कहा, ''कुछ और कहो न।''

लड़के ने कहा, ''जितनी आज के चाँद की चाँदनी है।''

''अमावस्या के दिनों में भी क्या ये यूँ ही रहेगी?''

लड़के ने प्रेमिल आवाज़ में कहा, ''मेरे प्रेम की कोई थाह नहीं।''

लड़की ने कहा, ''जाने दो। अगली बार कुछ अच्छा कहना जो किसी ने किसी से न कहा हो।''

लड़का उदास हो गया।

लड़की उसे बहलाने को बात बदलकर तन्मयता से बताने लगी कि अगले जनम वह एक छोटी चिड़िया होना चाहती है।

फिर उसने कौतूहल से पूछा, "और तुम?"

प्रेम से लबरेज़ लड़के के होंठ ज़रा से हिले।

"मैं तुम्हारा बेटा।"

वह सुख से सिहर उठी।

इतनी सुंदर बात कभी किसी ने अपनी प्रेमिका से न कही होगी।

चाँद और गुलमोहर गवाह थे कि प्रेम का वह सबसे अलौकिक पल था।

लड़की लड़के के पहलू में सिमट गई। लड़के ने लड़की का हाथ थामकर रातरानी के फेरे लिए। लड़की ने कहा,

"क़बूल। क़बूल। क़बूल। हज़ार दफ़ा क़बूल।"

चाँद कुछ और ज़ोरों से दमक उठा। गुलमोहर महमहाने लगा।

रात अवाक् थी।

3

प्रेमी का पति हो जाना एक दुर्घटना है।

प्रेमी से पति बने लड़के में अनगिनत तब्दीलियाँ थीं।

बावजूद इसके हनीमून के दौरान पहाड़ों का सफ़र रूमानियत भरा था। घने बादलों की लुका-छिपी में बलखाती कुलाँचे भरती तिस्ता रास्ते भर साथ थी। पहाड़ों का सानिध्य उसे जुनूनी हद तक भाता है।

चक्करदार सड़कों की हमसफ़र गहरी खाइयों से घबराकर पति ने आँखें मूँद लीं। फिर हँसी में कहा, "शादी इन पहाड़ी यात्राओं की तरह एक रोमांचक जोख़िम है।"

बजट के हिसाब से वे एक सस्ते लॉज में रुके थे। शादीशुदा लोगों को

कि.फ़ायती होना चाहिए।

लॉज में उनकी देख-रेख को मिचमिची आँखों और भूरे बालों वाला एक गोरखा था, 'नीमा'। हँसते हुए उसकी आँखें मुँद जाती थीं। उन आँखों में उसके लिए कुछ अबूझ था। मगर वह उन आँखों से आँखें नहीं चुराती थी।

नीमा दार्जिलिंग टी के साथ हर सुबह ऑर्किड के रंग-बिरंगे गुच्छे लाता। उसे लगता कि ऑर्किड के फूलों पर उसकी मासूम मुस्कान ठहरी हुई है। नीमा को देखकर उसे यह भी लगता कि ख़ुश रहना कितना सरल है मगर सरल हो पाना कितना कठिन।

सोमगो झील पर जमी काँच सरीख़ी ब.र्फ़ पर वह फिसलना चाहती थी। पति ने कहा, "अपने दो चोटी वाले बचपने से बाहर आओ।"

आख़िरी शाम वे लाल बाज़ार गए। उसने पति के पिता के लिए लकड़ी की नक़्क़ाशीदार ऐश ट्रे और एक सिगार पाइप ख़रीदा और माँ के लिए बहुत सारे रंगों वाली चूड़ियाँ। उसका मन एक चाइनीज़ ताँबई घंटी पर मचल गया।

"पाँच सौ पच्चीस रुपए!" पति ने हैरान होकर कहा।

"इस बेकाम की चीज़ का तुम क्या करने वाली हो?"

जूते में पड़े कंकड़ की तरह कहीं कुछ चुभ गया।

उस रात वह नाराज़ थी। पति को उसकी नाराज़गी फ़िज़ूल लगी। उसके संवादों में एक चिढ़न शुमार थी। वह पीठ फेरकर बोला,

"बीवी की फँतासी बीवी से कहीं रूमानी है। वो कभी 'ना' नहीं कहती।"

लौटते समय पत्नी उदास थी। वह सोच रही थी, काश! वह हमेशा पहाड़ों में रहती। पहाड़ों की इस सुथरी ठंडक से उतरकर मैदानी शहर के धूल-धक्कड़ में जा पड़ना कैसी बेचारगी होगा!

जाते हुए वह उस बेज़रूरत मुस्कराने वाले लड़के को कुछ इनाम देना चाहती थी। किंतु पति को उसका यूँ जज़्बाती होना निहायत बेमानी लगा। फिर भी उसकी मुट्ठी में दो नीले नोट दबे थे। उसकी आँखें इधर-उधर नीमा

को ढूँढ रही थीं। किसी ने कहा, ''बस कुछ देर रुक जाओ वो आता होगा। आपको न पाकर दुःखी होगा।''

पति को उसकी यह अतिशय भावुकता विचलित कर रही थी। किसी भी पल वह उस पर बिगड़ सकता था। वे टैक्सी में बैठ गए। सामने से ठिगने क़द का नीमा दौड़ता आ रहा था। उठान पर दौड़ते हुए वह हाँफ रहा था। खिड़की के निकट आकर उसने एक पैकेट थमाकर कहा,

''आपके लिए। आप हँसेंगी तो बिलकुल ऐसी लगेंगी।''

यह वही चाइनीज़ ताँबई घंटी थी।

पति के चेहरे पर नागवारी थी।

मुसड़ चुके नीले नोट उसकी मुट्ठी में पसीज रहे थे। उसमें उस मुस्कुराते लड़के को कुछ देने की ताब न बची थी।

4

एक लंबे अरसे बाद उसने डायरी लिखी। कोई आठ नौ साल बाद। इससे पहले आख़िरी बार कब और क्या लिखा था उसे ठीक से याद नहीं। शायद पहाड़ों के बारे में या फिर बेवजह ही बहुत हँसने वाले किसी लड़के के बारे में। इस दौरान लिखने जैसा प्रिय कुछ घटा नहीं और अप्रिय को याद रखने के यत्न नहीं करने चाहिए।

बीती शाम वह एक विलक्षण आदमी से मिली, जो प्रेम की गहरी कविताएँ और मन की अँधेरी कोठरियों के क़िस्से लिखता था। मन ख़ुद में कितनी चीज़ें रखता है कोई नहीं गिन सकता। मगर वह विलक्षण आदमी उन्हें चुन-चुनकर लिखता था।

डायरी के इस सफ़े पर उसी का ज़िक्र था। वह उसे उसकी क़िस्से-कविताओं से भी मोहक लगा था। जब उसने उसे बताया कि उसे फलों से अधिक गुलों का मौसम भाता है तब वह हँसने लगा। उसने कहा, ''पतझड़ एक दूसरे बसंत की तरह है। इसमें सारी पत्तियाँ गिरकर फूल बन जाती

हैं।''

बहुत दिनों बाद उसने किसी के मन मुताबिक़ होना चाहा था। उसने उसका पसंदीदा रंग पूछा था।

''नीला।'' उसने बताया।

उसे यक़ीन था कि मर्द कलर ब्लाइंड होते हैं। गहरे हरे को नीला कह सकते हैं और गहरे गुलाबी को लाल।

फिर भी उसने उस शाम के लिए नीला चुना था।

वह जानना चाहती थी कि असल में वह प्रेम के विषय में क्या सोचता है। उस मलंग आदमी ने हँसकर कहा, ''सिर्.फ ये कि किसी के प्रेम में पड़ जाने के लिए ग्रैविटी ज़िम्मेदार नहीं होती।'' फिर वह गंभीर हो गया, ''प्रेम मन की भूख है और इस भूख को शांत करना पेट की भूख को शांत करने से कहीं मुश्किल है।''

यह एक हैरान करने वाली बात थी कि डायरी के इस स.फ़े पर जो हुआ उसने उस पर बहुत कम लिखा और जो नहीं हुआ उस पर बहुत अधिक।

पति के क़रीब लेटे हुए उसे लगा कि रात कई पहर लंबी हो गई है। वह सोचने लगी क्या उसे अपने पति के बदले वह विलक्षण आदमी चाहिए? उसने अपनी आँखें मूँद लीं और उसे क्या चाहिए उसने सिर्.फ इस बात को सोचा मगर उसकी आँखों में उस विलक्षण आदमी का चेहरा नहीं था।

उसे याद आया लौटते समय उस आदमी ने यह भी कहा था, ''नदी की याद्दाश्त अच्छी होती है। वो वहीं जाती है जहाँ उसे जाना चाहिए।''

और फिर अगली सुबह से पहले उसने डायरी से उस तारीख़ को फाड़ दिया।

5

दीवार पर सुबह की कलह के धब्बे अब भी मौजूद थे।

धब्बों को पोंछने के फेर में बदरंग हुई दीवार को घूरते हुए वह सोचने लगी कि इतनी तल्ख़ी और प्रवंचनाओं के बाद भी क्या कारण है कि वे दोनों साथ रहते हैं।

सुबह पति ने नाश्ते की तश्तरी फेंककर मारी थी। वह चाहता था कि वह उससे कोई सवाल न करे। उसकी आवाज़ नीची रहे। उसने कहा था,

"औरत हो, औरत की तरह रहो।"

औरत को कैसे रहना चाहिए?

बाऊजी कहते थे, "तुम सब कर सकती हो। औरत और मर्द में कोई फ़र्क़ नहीं।"

मगर माँ को देखकर उसे हमेशा लगा कि बाऊजी ने झूठ कहा था।

वह सोचने लगी परमेश्वर यहोवा ने 'इव' को भी उस मिट्टी से क्यों न बनाया जिससे अपने प्यारे 'एडम' को बनाया था। क्यों उसने इव को एडम की पसली से बनाया होगा। ताकि एडम को ये दंभ रहे कि उसकी हड्डी और माँस-मज्जा से इव का वजूद है।

क्या परमेश्वर को इव एडम की तरह प्रिय न थी?

उसका मन दुखी हो गया। सुबह के झगड़े के बाद उसने न कुछ खाया था न ही ख़ुद को सँवारा था। घर की चीज़ें अस्त-व्यस्त थीं। वो उन्हें ठीक करने को उठ गई।

उसने समय देखा साढ़े सात। पौने आठ-आठ तक पति लौट आएगा। वह चुपचाप चाय पकड़ा देगी और बिना कुछ बोले अपने काम में लगी रहेगी। वह रात को भी कुछ नहीं खाएगी और कल भी। जब तक पति को अपनी ग़लती का पछतावा न होगा तब तक बैठक में सोएगी। उसकी आँखें नम हो गईं। ऐसा क्या करे कि पति को अपने किए का गहरा अफ़सोस हो।

घड़ी नौ बजा रही थी। उसकी बेचैनी बढ़ने लगी। इतनी देर! ये हरकतें उसे सताने के लिए हैं। ऊँहु! उसे क्यों परवाह हो। किसी का ख़्याल और

परवाह करना कितना भारी काम है। वह एक कॉल भी नहीं करेगी।

वह सोफ़े पर पड़े कुशनों को तरतीब से रखने लगी।

साढ़े नौ पार हुए तो वह क्रोध से छटपटाने लगी। किसी दिन वह यूँ ही करेगी, कहीं चली जाएगी और देर रात तक नहीं लौटेगी। वक़्त की पाबंदी, तौर-तरीक़े उसी के लिए क्यों हों!

उसने बदमज़ा हो गई चाय को सिंक में उड़ेल दिया। अनमनेपन से खाना बनाकर थाली ढककर मेज़ पर रख दी।

दस बजते-बजते उसे हौल होने लगी। जाने कहाँ होंगे। सवेरे से कुछ खाया भी होगा या नहीं। सुबह ग़ुस्से में दवा भी नहीं खाई थी। रक्तचाप के मरीज़ को भला इस क़दर चिल्लाना चाहिए! वह कॉल पर कॉल करती रही मगर, नॉट रीचेबल।

घबराहट में वह कोर्टयार्ड में टहलने लगी। आने वाली हर आहट पर चौकन्नी। आने वाली हर अनजान कॉल पर उसका ख़ून सूखने लगा।

ग्यारह बजे वह फाटक से बाहर गली में उतर गई। बाहर ठंड थी। स्वेटर की आस्तीनों से फिसलकर ठंड उसकी आशंकाओं की तरह सीने को जकड़ने लगी। ऑफ़िस छोड़े चार घंटे हो गए। क्या हुआ होगा! इस शहर में रोज़ कितने ही हादसे होते हैं। अपने क़यासों पर वह हलकान होने लगी।

अगर... अगर...

वह आगे न सोच पाई। वह कहाँ जाए... क्या करे!

वह ख़ुद को कोसने लगी। क्यों इतना बोलती है! बाहर जाते आदमी से क्लेश करना क्या ठीक है! क्लेश कहीं का कहीं पड़ता है।

वह ईश्वर को याद करने लगी कि पति ठीक-ठाक घर आ जाए फिर भूलकर भी झगड़ा न करेगी। होंठ सिल लेगी। कभी कोई चुभने वाली बात न कहेगी।

पौने बारह बजे गली के दहाने पर गाड़ी आती दिखी।

पति को देखकर उसकी रुलाई फूट पड़ी।

"कहाँ रह गए थे! मैं कितना डर गई थी!" वह फफककर पति के सीने से लग गई।

‘‘नाराज़गी में कोई ऐसा करता है क्या... ?’’

पति ने उसे बाँहों में कस लिया। वह सुबकते हुए बोली, ‘‘हम जाने इतना क्यों झगड़ते हैं!’’

‘‘ताकि दूसरे लोगों से न झगड़ें।’’ पति ने कहा।

वह सोच रहा था ये बात पत्नी को बताए या नहीं कि सवेरे हुए झगड़े की बात तो उसे याद ही न थी।